[奥]弗朗茨·卡夫卡 Franz Kafka 著 ・ 卡夫卡中短篇作品 ・ U N R E A D

彤雅立 译 ・ 德文直译全集 ・ 北京燕山出版社
BEIJING YANSHAN PRESS

Ein
Landarzt

乡村医生

设计师联名书系・K经典

目 录

在流放地
In der Strafkolonie

作品简介

　　根据卡夫卡的日记，此短篇小说完成于1914年10月，同年11月，由卡夫卡朗读给好友马克斯·布罗德与其他两位朋友听。1916年11月10日，卡夫卡在慕尼黑首度公开朗读这篇小说，德国诗人里尔克（Rainer Maria Rilke，1875—1926）也在场。最初，卡夫卡希望将本篇小说连同《判决》《变形记》合为一辑出版，并以"处罚"（*Strafen*）为书名，然而出版社因担忧这一主题不符合市场需求而拒绝。1919年10月，本篇小说由德国科尔特·沃尔夫出版社（Kurt Wolff Verlag）出版。

"这是一台奇特的机器。"军官对从事研究的旅行者说，并以略带欣赏的眼光观看着这台他早已非常熟悉的机器。这位旅行者看来只是出于礼貌才接受邀请的：司令官曾经招待过他，并且要求他出席一名士兵的处决式。由于这位士兵不服从命令，且侮辱长官，所以被判了死刑。在流放地，这项处决似乎引不起人们多大的兴趣。至少在这个被光秃秃的斜坡围绕着的、草木不生的小小深谷中，除了军官与旅行者之外，只有一个愚昧驽钝、蓬头垢面且阔嘴的囚犯，以及一名手持沉重锁链的士兵在场，有些小锁链扣住了囚犯的脚踝、手腕与脖子，每条锁链之间都有链条相连。这个囚犯看起来如此卑躬屈膝、充满奴性，予人一种假象，好似人们可以放他自由，任他在斜坡上奔跑，只需要在处决前吹吹口哨，呼唤他回来即可。

旅行者对这台机器没有太大的兴趣，他自顾自地在囚犯身后来回踱步，此时军官正在做最后的准备工作，一会儿爬到深陷于土中的机器底部，一会儿爬上梯子检查机器的上半部。其实这是留给机械师处理的工作，但军官以极其热情的态度完成它，要么他是这部机器的崇拜者，要么出于其他理由，他无法将这份工作安心地交托给别人。

"现在一切都完成了！"末了，军官大喊，然后爬下梯子。他疲劳极了，张大嘴巴喘息，然后将两条精致的女用手帕塞进颈后的制服领口里。

"这些制服在热带地区显得太厚重了。"旅行者说，他没有如军官期待的那样，询问关于机器的事。

"的确。"军官说道，同时将那被油污弄脏的双手伸进早已备好的水桶中搓洗，"但它们代表故乡。我们不想失去故乡——现在，请您看看这台机器。"他立即补充道，然后用布将手擦干，指着那台机器，"在这之前，人工操作还是必要的，但从现在起，机器就自己运行了。"

旅行者点点头，跟在军官后面。

军官力图为可能发生的故障做准备，于是接着说："之前当然发生过故障，虽说我希望今天什么状况都不会发生，但总还是要先预想到这些。毕竟，这台机器得连续运转十二个小时。即便有故障发生，应该也只是小问题，而且可以立即被排除。"

"您不坐下吗？"最后军官问，从成堆的藤椅中拉出一把，并把它搬给旅行者。旅行者无法推辞，便在一个坑边坐下来，迅速朝里头瞥了一眼。那坑并不很深，一边有掘出的泥土堆成的土堤，另一边则放置着机器。"我不知道，"军官说，"司令官是否已经向您介绍了这台机器？"旅行者比出一个不确定的手势，如此正合军官的意，因为现在他可以自己解说这台机器了。"这机器，"他说着，抓住一个摇杆倚靠上去，"是我们的前司令官发明的。我在最初的实验阶段就和他一起工作了，直至最后完成，每项工作我都有参与。当然发明的功劳全属于他。您是否听说过我们的前司令官？没有？现在要是我说，整个流放地的建设全是他的杰作，这一点儿也不为过。我们身为前司令官的朋友，在他过世的时候就知道，流放地的建设已经很完善了，以至于继任者即便有成千个新计划在脑中，至少在往后的许多年间，也都无法改变已有的建设。我们的预言都应验了；新任司令官也不得不承认。可惜您不认识前司令官！不过——"军官中断了谈话，"我只顾着闲聊，却忘了他这台机器就在眼前。如您所见，它共分为三部分。随着光阴流逝，每部分都开始发展出自己的俗称。底下的部分叫'底床'，上面的部分叫'绘图机'，中间浮动的部分则叫'钉耙'。"钉耙？"旅行者问道。他并没有注意听，太阳炙烤着这无荫的山谷，使人难以集中精神。因此，他对眼前的军官感到惊叹：他身上裹着参加阅兵式时穿的那种军服，肩章沉甸甸地挂在肩上，还有几条缎带垂下来，他竟能够这么热情地介绍自己的工作，此外，他说话的同时，还能够拿着一把螺丝起子，不时地四处修理，旋转螺丝。那名士兵与旅行者的状态相似，他用囚犯的锁链圈住自己的手腕，一手撑在步枪上，垂着头，对什么都不关心。旅行者并不感到惊讶，因为军官说法语，而很可能士兵和囚犯都听不懂法语。尽管如此，囚犯仍显得非常努力且吃力地想跟上军官的解说。他昏昏欲睡却又强打精神，军官指哪儿，他看哪儿。此刻军官被旅行者的问话打断，囚犯的眼神也跟着军官一起望向了旅行者。

"对，钉耙。"军官说，"这个名字很贴切。上面的针像耙齿那般排列，整体可以像钉耙那般运转，就算只在一小块地上，也可以技巧高明地运转。您很快就可以了解这是怎么一回事。囚犯会躺在这张床上。——我会先解说一遍机器，再让它自行运转。这样您会比较容易了解，而且，绘图机里有一个齿轮磨坏了，运转的时候会嘎吱作响，声音响得让人几乎听不见说话声。可惜这里很难弄到配件。——看，这是我刚刚说的底床，上面

6

覆满了棉花，您很快会知道它的功能何在。囚犯会腹部朝下，趴在这些棉花上面，当然是赤裸着身体了。这是捆手用的皮带，这是捆脚的，这是捆脖子的，用这些皮带就可以将他紧紧捆住。床头这边，像我刚刚说的，面朝下俯卧的地方，有一根小小的毡毛棒，它很容易调节，刚好可以塞进囚犯的嘴里。它的功能是防止囚犯叫喊或咬断舌头。当然囚犯必须含住毡毛棒，否则脖子上的皮带会让他断头的。""这是棉花？"旅行者问，同时向前弯下身子。"当然是了。"军官微笑着，"您自己摸摸看。"他握住旅行者的手往底床伸去。"这是一种特制的棉花，所以看起来很罕见，稍后我会说明它的功能。"军官补充说。旅行者开始对这台机器产生了一点儿兴趣，他把手搭在眼睛上方，挡住太阳光，仰望这台机器。这机器真大啊！底床与绘图机规模相当，看起来像两只深色的箱子。绘图机装在底床上方约两米处，两者以四角上的四根黄铜柱相连接，黄铜柱在阳光下闪闪发光。在两个箱子之间，钉耙顺着钢带上下移动。

军官先前几乎没有察觉到旅行者漠不关心的态度，现在却注意到他开始表现出的兴趣，因此停止了解说，好让旅行者安安静静地观察。囚犯也模仿旅行者的动作。由于他无法将手搭在眼睛上方，便眯起眼睛，让没有被遮蔽的双眼向上望去。

"所以囚犯是趴着的。"旅行者说完，将背靠在椅子上，双腿交叉。

"是的，"军官说，往后稍微推了推帽子，手抚着滚烫的脸，"请您听着！底床和绘图机都装有电池。底床的电供自己用，绘图机的电则用在钉耙上。只要囚犯被捆在上面，床就开始动。它的振幅微小，速度却很快，同时上下左右地摆动。您在疗养院应该看过相似的机器。只是我们的床精算了所有的振动，也就是说，它必须跟钉耙的振动频率完全一致。真正执行判决的是这个钉耙。"

"到底是怎样的判决呢？"旅行者问。

"这您也不知道？"军官吃惊地说，然后咬住嘴唇，"请原谅，也许是我的解说不够有条理，在此我深表歉意。从前负责解说的是司令官，但新任司令官不履行这项光荣的义务，可是像您这样高贵的访客大驾光临，"——旅行者伸出双手，表示不敢当，军官却坚持这样尊敬的辞令——"像您这样高贵的访客光临，我们却没有告知判决的形式，这未免又是一项革新，真是——"他差点儿骂出脏话，刚到嘴边又忍了回去，只说道，"我并未被告知此事，过错并不在我。不过，我是最有能力说明判决形式的人，因为我手上

书名 　　　　　　　　　　 作者

我的评分 　　　　　　　　 阅读日期
★ ★ ★ ★ ★

最爱金句

我的书评

UNREAD

一起制作 读书笔记吧! 把「未读」变成已读

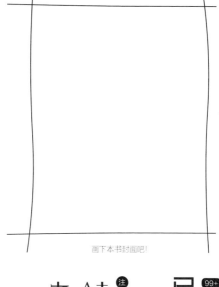

画下本书封面吧!

from 未 詰 ^注 → to 已 读 ⁹⁹⁺

使用说明:
沿虚线裁开本卡片,即可获得1张读书笔记小卡。
填写并收集本卡片,在小红书发笔记可兑换 未读
独家文创。 卡片数量越多, 文创越是重磅。

注「未读」, 未读之书, 未经之旅。一个不甘于
平庸, 富有探索与创新精神的综合文化品牌,
为读者提供有趣、 实用、 涨知识的新鲜阅读。

本活动最终解释归「未读」所有

握有——"他拍着胸前的口袋说,"——前司令官的亲笔手绘图稿。"

"前司令官的亲笔手绘图稿?"旅行者问,"难道他是全才?集军人、法官、工程师、化学家与绘图员的优点于一身的全才?"

"没错。"军官带着若有所思的目光点头称是。接着,他审视自己的双手,它们显得不够干净,不能去碰那图稿,于是他走到水桶边,又洗了一次手,随后掏出皮质公文夹说,"我们的判决听起来并不严厉。用钉耙将囚犯触犯的规定写在他的身体上。例如这个囚犯——"军官指着那男人,"——他的身上会被写下'尊敬你的长官'!"

旅行者对那男人匆匆一瞥:当军官指着他时,他低下头,此刻似乎在全神贯注地听着,试图听懂些什么。然而,从他紧闭的嘴唇的噘起动作来看,很显然他什么也没听懂。

旅行者有各种各样的问题想问军官,然而看到囚犯后,他只是问:"他知道自己的判决吗?"

"不知道。"军官回答,意欲继续解说。

旅行者打断了他的话:"他不知道自己的判决?"

"不知道。"军官又说,然后停顿半晌,好像在等待旅行者对这样的提问给出详细的理由,接着说,"向他宣布毫无用处，他会从他的身体上知道对他的判决的。"

旅行者想沉默下来，却发现囚犯将目光投向了他，那目光似在询问，他是否赞同刚刚陈述的过程。旅行者本来靠在椅背上，被这么一看，便把身体前倾，问道："但他总该知道自己被判了刑吧？"

"也不知道。"军官微笑着对旅行者说，好似在期待他提出一些更古怪的问题。

"不会吧，"旅行者边擦额头边说，"这么说来，这个男人现在还不知道自己的辩护结果吗？"

"他没有机会为自己辩护。"军官眼睛望向远处说，像在自言自语，以免述说这些对于他而言理所当然的事，让旅行者感到尴尬。

"他一定有过为自己辩护的机会。"旅行者说着，从扶手椅上站起来。

军官意识到，这样很危险，会长时间耽搁对机器的讲解。他走到旅行者身旁，拉着他的胳膊，一手指着囚犯。囚犯发现大家都注视着他，便站得笔直，士兵也拉紧了锁链。

军官说："事情是这样的，我在这个流放地被委任为法官。虽然我还年轻，但是过去前司令官每每有刑事案件需要处理的时候，我总是从旁支援，并且我是最了解这部机器的人。我做事的原则是，罪咎永远毋庸置疑。别的法庭无法遵照这个原则，因为他们由许多人组成，而且上面还有更高等的法庭。而这里的情况不同，或者说至少在前司令官任内，情况不是这样的。尽管新任司令官有意干预我执法，但目前我都成功回绝了他，将来也会这样。您想要我对此案清楚说明，这就像其他案子一样简单。今天早晨，一名上尉告发说，派给他的这个勤务兵在执勤的时候睡着了。他有义务在每个整点钟响的时候起立，在上尉的门前敬礼。这当然不是什么困难的任务，却是必要的，因为他应该精神抖擞地站岗、执勤。昨夜上尉想查岗，看看勤务兵是否在履行职责，于是在两点的钟声敲响时打开门，结果发现他蜷缩着身子睡着了。上尉取来马鞭，打在他的脸上。勤务兵没有站起来请求原谅，却抓住长官的腿，摇晃着他并喊道：'丢开鞭子，不然我把你活吞了。'——这就是全部的案情。一个钟头前，上尉来过我这里，我将他的陈述记录下来，紧接着写判决书。然后，我把这男人铐上铁链。一切都很简单。要是先把这男人传来讯问，只会产生混乱。他会说谎，如果我驳斥了他的谎言，他又会拿新的谎言来替代，循环往复，没完没了。现在我捉住他，不让他逃走——这样是否说清楚了呢？然而，时光飞逝，处决应该要开始执行了，我却还没有解说完这台机器。"

他催促着旅行者坐回扶手椅，然后回到机器旁边，开始说："如您所见，这钉耙与人体的形状是相配的，这是上半身用的钉耙，这是双腿用的钉耙。头部则交给这把小尖刀。这样您明白了吗？"他亲切地朝旅行者鞠了一躬，俨然准备好了要开始详尽解说。

旅行者皱起眉头，看着钉耙。军官所讲的审判程序并没有使他满意。无论如何他得承认，这里是流放地，特别的惩罚是必要的，彻头彻尾的军事化做法也是必要的。但是，他还是对新任司令官寄予希望，司令官显然计划引进——虽然是逐步地——一个新的程序，这是军官狭隘的思想所不能及的。在这样的思路之下，旅行者问："司令官会列席处决吗？""不知道。"军官答，这个突如其来的问题使他感到难堪，原本亲切的面容也跟着失色，"正因如此，我们现在得抓紧时间了。非常抱歉，我现在的讲解必须长话短说了。但我可以在明天，当机器再度被清理干净的时候——这部机器会被弄得很脏，这是它唯一的缺点——进一步补充说明。现在我只说最必要的——当犯人躺上底床，床开始振动时，钉耙就会落到他身上。钉耙会自动调节，只让针尖碰到身体，待调节完成，那条钢绳就会立刻拉紧，坚硬如棍棒。游戏就开始了。一个门外汉只看外观是无法区分各种刑罚的。钉耙看似在千篇一律地工作，它们的针尖在颤动中刺入底床上颤动的身体。为了使每个人都能监督判决执行的进度，钉耙是用玻璃制成的。要把针尖固定在里面，曾经有过一些技术上的困难，不过经历多次试验终于成功了。我们已经竭尽全力。所以，现在每个人都可以透过玻璃，看见那些字句是如何刺在犯人身体上的。您想不想靠近一点儿看看这些针尖？"

旅行者缓缓起身，走上前去，弯下腰看着钉耙。

"您看，"军官说，"两种针尖，多种排列。每根长针旁边都有短针。长针用来刺字，短针则喷水冲去血迹，使刺出来的字保持清晰。血水会导入一个凹槽，最终通过埋在坑中的排水管流进主排水沟。"

军官用手指详细地指出血水流经的路径。为了让讲解更形象生动，他在排水管的出口捧着双手，做出接水的样子，旅行者这时抬起头，一只手向后摸索着，想回到扶手椅那边去。但此时，他惊讶地看见，囚犯同他一样随着军官的邀请在近处观察钉耙的构造。囚犯用铁链将睡眼惺忪的士兵往前硬拉了几步，然后俯身在玻璃上。

只见囚犯的眼神犹疑不定，想寻找两位先生刚刚观察过的东西，但他听不懂解说，因此屡屡失败。他弯着腰东张西望，眼睛不住地在玻璃上搜索。旅行者想把他赶回去，因为他的行为很可能会受罚。但军官伸出一只手制止旅行者，另一只手则从土堆上抓起一块土，往士兵身上扔去。士兵被猛力一击，抬眼看见竟是囚犯如此胆大妄为，于是丢下步枪，用鞋跟跺地，然后用力将囚犯往后一拉，囚犯当即倒下，士兵看着他在地上挣扎，弄得铁链叮当作响。

"拉他起来！"军官喊道，他发现旅行者被囚犯弄得严重分心，甚至将身体探过了钉耙，不再注意钉耙，只想知道囚犯那边发生了什么事。"小心处置他！"军官又喊道。他绕着机器跑过去，亲手抓着囚犯的腋窝，囚犯的双脚不住地打滑，在士兵的帮助下，他们将囚犯拉了起来。

"现在我已经知道一切了。"军官回来的时候，旅行者这样说。

"还有最重要的一点，"军官擒住旅行者的手臂，指着上面说，"在绘图机里有一个齿轮组，它决定着钉耙如何移动，而且这个齿轮组会依照判决书的行刑图纸排列。我还沿用前司令官的图。它们在这里。"——他从皮质公文夹中抽出几张纸——"只可惜我无法将它们交到您手中，这是我所拥有的最珍贵的东西。请您坐下，我在近处指给您看，这样您会看得清楚些。"

他指着第一张图。旅行者本想说些赞美的话，却眼见纸上是如迷宫般、密密麻麻地交错在一起的线条，得花些功夫才找得出留白处。

"您读读看。"军官说。

"我读不懂。"旅行者说。

"这很清楚。"军官说。

"这画非常高明，"旅行者语带回避地说，"可是我没办法解读。"

"是啊，"军官说，笑着把公文夹放进衣袋，"这可不是给小学生用的习字帖，读懂它要花些时间。您最后一定会读懂的。它当然不是什么简单的字体，它不是马上杀死囚犯，而是平均持续十二个小时，到了第六个小时，通常会有一个转折点。在这些字体周围必须加上许多装饰，使真正的字体像细腰带环绕着身体一般，身体其余的部分都留给装饰图案。现在您是否对钉耙与整部机器的运转感到佩服了？——您瞧！"

他跳上梯子，转动其中一个轮子，接着向下面喊道："注意，请靠边站！"

话音一落，机器开始运转。如果轮子没有发出嘎嘎的响声，那么一切将多么壮观。这个响声似乎让军官吃了一惊，他只得握拳朝轮子挥了挥，随后张开双臂，向旅行者致歉，匆匆爬下梯子，从下面观察机器的运转。只有他才能发现还有一些地方不对劲。他爬上梯子，双手伸进绘图机的内部，搞定之后，为了争取时间，他没走梯子，而是沿着黄铜柱子快速滑下来。

军官用可以盖过噪声的声音，声嘶力竭地对着旅行者耳朵喊道："您了解这个过程了吗？钉耙开始写字了。当它在犯人背上写完第一排字的时候，棉花层会开始转动，将犯人的身体慢慢翻转过来，好为钉耙腾出新的空间写字。与此同时，经过特殊处理的棉花会贴在被刺过字的受伤部位上，让伤口立即止血，为之后的深刺做好准备。这里可以看到钉耙边缘的尖齿，它们会在翻转身体时，撕下伤口上的棉花，抛入坑中，钉耙便可以继续工作了。它们就这样工作十二个小时，把字越刺越深。前六个小时，囚犯几乎一如往常，只会感到疼痛。两个小时后，毡毛棒才会被撤下，因为囚犯已无力喊叫。在床头会放一坛电力加热的粥，只要囚犯有心情，就可以伸长舌头舔着吃。没有人错失这个机会。我见过很多，没有人例外。直到第六个小时，囚犯才会失去进食的意愿。然后我通常会跪下来观察这个现象。囚犯极少咽下最后一口，只是把食物含在嘴里，用舌头翻搅，最后吐进坑里。我得低头闪躲，否则东西就会吐到我脸上了。到第六个小时时，囚犯变得多么安静啊！这时候最笨的人也能顿悟。这个过程从眼睛开始，由此扩散开来。那景象充满诱惑，使人不禁想躺在钉耙底下。之后没有事情发生，囚犯只是开始解读文字，他噘起嘴巴，似在凝神静听。您看见了，用肉眼去解读这些文字并不容易，但囚犯是用身体的伤来解读的。这自然是费力的事情，他需要六个小时来完成这项工作。最后，钉耙会将他的身体整个叉起来，扔进坑里，让他'啪嗒'一声落入血水与棉花之中。至此处决就算结束，而我与士兵负责将他埋起来。"

旅行者倾斜着身体，倾听着，他双手插在大衣口袋里，观看机器的运转。囚犯一无所知地望着他们。旅行者稍微弯下身，眼睛注视着摆动的针尖，此时士兵得到军官的授命，举起刀子从背后划破囚犯的衬衫与裤子，让衣服脱落。囚犯想抓住落下的衣物，好遮蔽自己赤裸的身体，士兵却一把将他高高举起，抖落他身上残破的衣衫。军官打开机器，在此刻的静默当中，囚犯被安置在钉耙底下。铁链解开了，改捆上皮带。起初，囚犯似乎感到一阵轻松。现在钉耙又下降了些，因为囚犯很瘦。当针尖碰到他的身体时，他的皮肤开始打起寒战；当士兵忙着绑住他的右手时，他不知所措地伸出左手，那手刚好指向旅行者所站之处。军官从旁定睛看着旅行者，意欲从他的脸上读出这场处决留给他的印象，至少军官已粗略解说了执刑过程。

　　用来捆绑手腕的皮带断了，也许是士兵拉得太紧的缘故。士兵将断了的皮带拿给军官看，请他来协助。军官向他走去，然后回过头来看着旅行者，说："这部机器由许多零件组装而成，总会有断裂之处，需要修修补补；但是不要让这些事情影响了整体评估。皮带可以马上换掉，我会用铁链代替，这样一来，右手臂振动时就没那么柔和了。"

　　军官在安装铁链的时候又继续说："用来保养机器的经费被大幅削减了。前司令官在任的时候，还有一笔这方面的专款可以供我自由使用。当时这里有间仓库，里面储存了各式各样的备件。我承认我几乎是以挥霍的方式使用它们，我指的是过去，不是现在，像新任司令官坚称的那样，那些话不过是用来消灭旧设备的借口罢了。现在，他亲自管理这部机器的经费，若我派人去领新的皮带，他便会要求呈上断掉的那条作为凭证，然后新的要十天后才送到，而且还是劣质品，没什么用处。在这段时间，没有皮带的话要怎么让机器运转，完全没人关心。"

　　旅行者忖度着——对他国事务进行决定性的干涉，总是有风险的。他既非流放地的居民，也非其所属国家的公民。如果他想谴责甚至阻挠这项处决，人们会对他说：你是外国人，安静点。如此一来，他也无缘置喙，只能补述说，自己并不懂此事，旅行只是想多看看，从没想过要去改变他国的司法行为，而这里发生的事情却诱惑着他。司法程序的不公和处决方式的不人道，都是毋庸置疑的。没人能说旅行者有着怎样的利己之心，因为那名囚犯与他素昧平生，也不是他的同胞，他根本无须施予同情。旅行者手上有上级官员的推荐信，在这里受到了礼貌而隆重的接待，他受邀出席这次处决，这似乎意味着，上级要求他对这次的法庭程序做出评判。当他清楚听见，司令官并不支持这样的审判过程，还屡屡与军官敌对的时候，一切就更不证自明了。

此时，旅行者听见军官的一声怒吼。军官正努力将毡毛棒塞进囚犯的嘴巴，而囚犯则忍不住一阵恶心，闭上眼睛，随即开始呕吐。军官连忙将他从毡毛棒那儿拉开，想将他的头转到坑边；但太迟了，秽物已经沿着机器流下。

"全是司令官的错！"军官一面喊道，一面激动地摇晃黄铜柱子，"我的机器现在脏成猪圈了。"他用颤抖的双手给旅行者指了指眼前发生的事，"我不是花了好几个钟头解释，想让司令官明白处决的前一天不该给犯人进食吗？可是这个新人走温和路线，意见就是不同。在囚犯被押走之前，司令官的女眷们让他吃了一肚子甜食。终生靠腐臭的鱼肉维持生命的人，现在却吃甜食！但这倒也可以，我并不想反对，但是，我三个月前就请求购置一根新的毡毛棒，为何到现在还办不下来？这根毡毛棒被上百个临死之人吸过、咬过，现在怎么可能有人含着它却不恶心？"

囚犯把头放下，看起来很安详，士兵则忙着用囚犯的衬衫擦拭机器。军官向旅行者走来，旅行者因着某种预感而后退了一步，此时军官却抓住他的手，将他拉到一旁。

"我有些话想单独和您谈谈。"军官说，"可以吗？"

"请便。"旅行者答道，随即垂目倾听着。

"刚刚，您难得能亲眼欣赏的审判程序与处决过程，目前在我们的流放地，已经不再有人公开支持了。我是唯一的支持者，同时也是前司令官遗产的唯一继承人。关于程序的扩充，我已经不敢再想，我用尽全力去维持现有的状态。前司令官还在世时，整个流放地都是他的支持者；前司令官的说服力，我具备一些，但是他的权力，我完全没有。因此，支持者都躲了起来，不知去向。这些人还有很多，却没一个敢承认。若您在今天，这样一个处决的日子，走进一间茶馆四处听听，您也许会听见一些模棱两可的评论。这些人全是支持者，可是在现任司令官底下，还有他那样的观念下，这些人对于我来说毫无用处。现在我问您：难道应该为了这个司令官，还有那些影响他的女人，而将这样毕生的杰作，"——他指着那台机器——"给毁了吗？可以允许这样的事发生吗？就算是个在我们岛上只待几天的外国人，也不该管管吗？但已经没有时间可以耽误了，他们正在蓄谋反对我的审判权力。司令部里的咨询会议，已经不请我参加了。甚至您今天的来访也说明了这种局面，他们卑鄙怯懦，于是派您这样一个外国人过来——从前的处决行刑是多么不同！在处决的前一天，这里的山谷就站满了人，大家远道而来只为观看；清晨时分，司令官与他的女眷们会出现，然后军号响彻营地；我呈上报告，一切准备就绪；所有的宾客——没有高官能够缺席——整齐地坐在机器周围，这成堆的藤椅就是那个时代遗留下来的可悲的残骸。机器擦得闪闪发亮，几乎每执行一项处决，我就更换一次新零件。在数百双眼睛的注视下——观众一直站到远处的山丘，个个踮着足尖——司令官亲手把囚犯置于钉耙之下。今天一个普通士兵做的事，在当年是由我这个审判长来做的，我为此感到光荣。现在，处决开始了！机器工作无碍。有些人不再注视，而是闭起眼睛躺在沙地上。众所周知：现在是伸张正义的时刻。在寂静之中，大家只听见含着毡毛棒的囚犯发出的闷叫与呻吟。如今有了毡毛棒闷在嘴里，这部机器再也无法让囚犯发出更大的呻吟声了，不过，那时候写字的针尖会滴出一种腐蚀性的液体，如今已经禁止使用了。就这样，到了第六个钟头！大家都请求从近处看，但是要满足每个人是不可能的。司令官自有见解，他下令给予儿童特别关照。我则因为职权之便，总能站在近旁，我时常蹲在那儿，左右两臂各抱着一个小孩。我们是多么深刻地感受着那被折磨到升华成幸福的面部表情，我们的双颊沐浴在那终于到来而已然在逝去的正义之光中！那是怎样的时代，我的同伴！"

军官显然忘记了站在他眼前的人是谁，他一把抱住旅行者，头靠在他的肩上。旅行者感到十分尴尬，焦躁地越过军官的脑袋向别处望去。士兵结束了清洁工作，现在正把一罐米粥往坛子里倒。此时，囚犯看起来完全恢复了精神，一发现那坛粥，便激动地扑上去，用舌头舔食。士兵一再将他推开，因为那坛粥大抵要晚一点儿才能喝，然而士兵自己也不得体，竟把肮脏的手伸进粥里，在饥肠辘辘的囚犯面前吃了起来。

军官很快镇定下来。"我并非要激起您的同情，"

他说，"我知道要让今天的人理解那个时代是不可能的。再者，机器依旧运转，为自己而动。就算它独自留在这座山谷，它也为自己而动。就算一切不如从前，不再有数百名群众如成群的苍蝇聚集在坑边，遍野的横尸最后仍会不可思议地翩然飘起，纷纷坠入坑中。当时，我们还得在坑的四周装上坚固的栏杆，如今它们早已被拆除。"

旅行者不想面对军官，他别过头去，漫无目的地四处张望。军官以为他在凝视这座荒凉的山谷，于是抓住他的双手，转到他面前，攫住他的目光，问道："您察觉到此地的耻辱了？"

旅行者默不作声。约过了半晌，军官不再纠缠他，自顾自地张开双腿，双手叉腰，静静地站着不动，眼睛看着地面。随后，他向旅行者露出一个鼓励的微笑，说道："昨天司令官邀请您时，我正在您身旁，听见了这个邀请。我了解司令官，也能马上明白他提出邀请的意图。虽然他位高权重，大可以反对、干预我，但他还不敢这么做，便想通过像您这样一位有声望的外国人来评判我。他是个精打细算的人。这是您在岛上的第二天，您不了解前司令官，还有他的想法。您囿于欧洲思想的成见，也许在原则上反对死刑，特别是这种机器处决的方式，您也看见了，处决并没有公众参与，行刑的还是一部就要折损的机器，真是悲凉——鉴于看到的这一切（司令官如是想），您不就极有可能反对我的执法程序了？而您如果反对，您就不会（我还是依照司令官的思维说话）对此保持缄默，因为您一定还秉持着自己几经试炼的信念。不过，您见过许多不同地方的民情风俗，也学会尊重它们，因此您应该不至于像在您的家乡那样，全力反对这样的执刑程序。但是这种事情，司令官也完全不需要，只要不经意地透露一些话就够了。只要表面上能够迎合他的期望，这些话完全无须坚持您的信念。我相信，他一定会用各种奸巧的方式来盘问您，而他的女眷们则会围坐在一块儿，竖起耳朵听。您大概会说'我们那边的审判程序是另一个样子'，或者'在我们那儿，被告在判决之前会被审问'，或者'我们那边还有死刑之外的其他刑罚'，再或者'在我们那儿，刑讯只存在于中世纪'。这些意见都是对的，而且您也会觉得它们理所当然，说出来无害，不会妨碍到我的审判程序。但是司令官听到这些后会作何反应呢？我可以预见，我们的好司令官会马上推开椅子，冲到阳台上去，我还可以预见，他的女眷们是如何簇拥着跟在他的身后，我还能听见他的声音——女眷们称它为雷鸣般的吼声——现在，他说：'有一位来自西方世界的伟大学

24

者，被任命审查世界各国的审判程序，他刚刚说，我们沿袭传统古老的审判方式是不人道的。根据如此德高望重之士的评判，我当然也不可能再容忍这样的程序了。因此，我于今日宣布……'您想插话，说您没有说过他所宣布的这些话，您没有声称我的审判程序不人道，相反，您以自己的真知灼见，认为这是最人道，且最符合人类尊严的方式，您也对这台机器赞叹不已——但为时已晚。您没法去阳台，那边已经挤满了女人，您想引起大家的注意，想要叫出声，却有位女士伸出手捂住您的嘴——而我与前司令官的杰作就都完了。"

旅行者不得不忍住微笑：原来他所认为的艰巨任务，竟是那么容易。他语带回避地说："您高估我的影响力了。司令官读过我的推荐信，他知道我不是法庭程序审判这方面的专家。若要我提出见解，那也只是我私人的见解，重要性远不及其他任何人的意见。无论如何，跟司令官的见解相较，就更加微不足道了。据我所知，他在这个流放地拥有极大的权力。若他对法庭程序的意见如您所想的那样举足轻重，那么，恐怕不需要我尽绵薄之力，这样的审判方式自会走向终点。"

军官已经明白了吗？不，他仍不明白。他不住地摇头，并且回头看了一下囚犯与士兵：他们受到惊吓，停止了吃粥。

军官走到旅行者身旁，眼睛没有看他的脸，却看着他大衣的某处，用比先前更轻的声音说道："您不了解司令官。您所处的位置，对于他与我们每个人而言——原谅我这么说——从某种程度上来看是无害的。请您相信我，怎么高估您的影响力都不为过。当我听闻您会独自前来出席处决式时，我感到满心欢喜。司令官这样的安排无非是要对付我，现在我却能扭转乾坤，让形势有利于我。在参观人数众多的处决式当中，不免有旁人的闲言碎语与鄙夷目光。您不受影响，并能专注听我解说，还看了机器，现在就要观看处决的执行了。您肯定已经有了确切的评判。若还有丝毫疑虑，观看过处刑之后一定能排除。现在我要向您提出请求：请您在司令官面前帮帮我！"

旅行者没让他说下去。"我怎么能呢？"他喊道，"这完全办不到。我既帮不了您的忙，也伤害不了您。"

"您可以的。"军官说。旅行者看见军官正在握拳，开始有些许忧虑。

"您可以的。"军官更加急切地重复道，"我有一个必胜之计。您认为自己的影响力有限，可我知道那是足够的。我承认您说得对，可为了维护这套审判程序，难道我们不该做出努力试试看吗？所以，请您听听我的计划。实施这个计划最重要的就是，您今天在流放地要尽量不提您对这套程序的评判。若无人问起，您切勿表态。您的回答务必简短而含糊，大家会发现您难以启齿，对此充满苦恼，一旦要您公开说，您便会忍无可忍地咒骂起来。我不要求您说谎，绝不会。您只需要简短地回答'是的，我看过处决了'，或者'是的，我听过全部的解说了'。就这些，别说更多。人们应该会察觉到您的苦恼，而苦恼的理由倒也充分，即便司令官的想法并非如此。他当然会彻底误解，然后按照他的想法来解释。我的计划正是建立在这样的基础之上的。明天在司令部，司令官会主持一场由全体高级行政官员参加的大会。司令官自然懂得将这场会议弄得像一场演出。那里会盖起长廊，里面坐满观众。我被迫参会，厌恶与反感占据我心。无论如何，您一定会被邀请出席这次会议。若您能依照我的计划行事，那么请您务必出席。若您出于某种无法解释的原因而没被邀请，您就得自行向他们提出要求，如此一来，您定会受到邀请。这样一来，明天您就和那些女士一同坐在司令官的包厢席。他会频频抬头向上看，好确定您在场。经过无关紧要、荒谬可笑，且只为应付听众用的各种协商议题之后——议题通常为港口建设，总是港口建设！——要讨论的就是审判程序了。若司令官这边没有提出来，或者迟迟没有讨论到这里，那么我就会尽力提出这个话题。我会起立，报告今日的处决式，言简意赅，只是报告。虽然这样的报告在那里并不寻常，但我还是会做。司令官一如往常，带着友善的微笑向我致谢，然后，他会按捺不住，逮住良机说话。'刚才，'他会这样或者大抵这样说，'关于处决式的报告被提了出来。我只想针对这份报告做些补充，刚好有位学者列席了处决式，诸位都知道，他的到访使我们的流放地蓬荜生辉。今日的会议也因为他的出席而有了深意。难道我们不该向这位大学者提问，请教一下他对于沿袭古老传统的处决程序有何高见？'现场掌声如雷，大家一致同意，我的鼓掌最是热烈。司令官向您鞠躬，然后说：'那么我就代表全体向您请教了。'这时您就走到包厢护栏边，把手放在栏杆上，让大家看见，否则那些女士会抓住您的手，开始把玩。——现在终于轮到您发言了。在这一刻来临之前，我真不知道该怎么挨过数个小时的紧张。发言的时候，您千万不要拘束，大声地把真话说出来，身体探出栏杆，发出您的怒吼，而且要对司令官大声地吼出您的意见，您那无可撼动的意见。但也许您不想这么做，这与您的性格不符，在贵国若有同样的情形，也许人们会有其他的反应，没有关系，这样已经足够了，您完全不用站起来，只需要说几句话，轻声地说，只要让您下面的官员刚好能听见，那就够了，您完全不必谈到那场观众寥寥可数的处决、嘎吱作响的齿轮、断裂的皮带，还有令人作呕的毡毛棒，不必，其他的事交给我就好，请您相信，我的演讲就算不能将他赶出大厅，也会逼得他跪下来承认：'老司令官呀，我向您屈服了。'——这就是我的计划，您愿意帮我实现它吗？您当然愿意，不仅是愿意，而是必须帮我。"

军官抓住旅行者的两只手臂，喘着粗气，眼睛直视他的脸。他大声喊出最后几句话，以至于引起了士兵与囚犯的注意。尽管他们什么也听不懂，这时却停止了吃粥，嘴里嚼着食物望向旅行者。

旅行者一开始就很确定要怎么回答，丰富的人生阅历使他在这里不至于动摇心志，他到底是个真诚且无所畏惧的人。即便如此，现在他眼见士兵与囚犯，还是犹豫了片刻，最后他说了必说的话："不行。"

军官眨了好几次眼睛，目光却始终停留在旅行者身上。

"您想听我解释吗？"旅行者说。

军官默默地点头。

"我反对这样的程序，"旅行者说，"在您尚未取信于我，告诉我内情之前——这样一番信任，我当然在任何情况下都不会滥用——我也考虑过自己是否有权干预、反对这项程序,以及我的干预是否有一点点成功的希望。我很清楚,这样的事情首先应该向谁说——当然是司令官。您使我更加清楚这一点,但我却不是因为这样的认识而更加坚定我的决心,恰恰相反,您真诚的信念虽然不能使我改变心意,却使我莫名悲伤。"

军官不发一语,转向机器,握住其中一根黄铜柱子,身体稍稍后仰,望着绘图机,好似在检查一切是否运作如常。士兵与囚犯看似已经成为朋友,尽管囚犯的身体被紧紧捆住,他仍吃力地向士兵做了一个手势。士兵俯身向他凑过去,囚犯悄悄对他说了些话,士兵频频点头。

旅行者跟在军官身后,说道:"您还不知道我的打算。虽然我会将对审判程序的见解告诉司令官,但不是在会议上说,而是跟他单独面对面谈。我也不会在这里待太久,到最后被拉去列席某个会议。明日一早我便离开,或至少已登船。"

军官看似没有在听他说话。"这样的审判程序并未使您信服。"他自言自语,微微笑着,像个老人因小孩的愚昧无知而微笑,但在笑容的背后,则保有他真正的思考。

"那么,是时候了。"军官最后说,忽然用明亮清澈的眼睛看着旅行者，眼神中带有某种敦促，某种希望参与的请求。

"是时候做什么了？"旅行者不安地问，却没有得到回答。

"你自由了。"军官用囚犯使用的语言对他说，囚犯起先并不相信。

"现在，你自由了。"军官又说。囚犯的脸上首度出现了生气。这是真的吗？这是军官的一时兴起呢，还是这位外国旅行者替他求了情呢？这是怎么一回事？他一脸疑问，而表情却很快恢复如常。无论事情如何，若是允许的话，他想要获得真正的自由，于是他在钉耙下容许的空间内，开始用力晃动身体。

"你这样会把我的皮带扯断的，"军官喊道，"别动！我们马上解开它。"他向士兵做了手势，两人便开始动手。囚犯暗自微笑不语，一会儿将脸转向左边的军官，一会儿转向右边的士兵，同时不忘看看旅行者。

"把他拖出来！"军官向士兵命令道。

这时候，因为上面有钉耙，拖出来就需要几分小心。囚犯因为迫不及待，背上已被划了几道伤口。

从现在起，军官不再理会他。他走向旅行者，又抽出皮质文件夹，在其中翻找，最后找到他要的那张纸，便拿给旅行者看。"您读读看。"他说。"我读不懂。"旅行者说，"我已经说了，我读不懂这些东西。""请您仔细看看这张纸。"军官说完，走到旅行者身边，想跟他一起读。

这些行动似乎没有用，于是军官高高举起小指，在纸的上方比画，好似纸张不许被碰触，他以为这样能便于旅行者阅读。旅行者努力配合，希望至少能取悦军官，却依然无法读懂。于是军官开始拼读标题，然后连起来又读了一次。

"上面写着：'要公正！'"军官说，"现在您可以读了。"

旅行者弯下腰仔细看那张纸，军官怕他触碰到，将它挪远了些。虽然旅行者此刻不再说话，但显然他还是没能读懂它。

"上面写着：'要公正！'"军官又说了一次。

"也许是吧，"旅行者说，"我相信上面是这样写的。"

"那好。"军官说，表情至少有些满意，然后手持那张纸爬上了梯子。他非常谨慎小心地将那张纸放进绘图机，然后似是重新将齿轮彻底调整了一遍。这是一项非常吃力的工作，因为其中有许多小齿轮，有时军官的头几乎要埋进绘图机，他非要这样仔细检查齿轮组不可。

旅行者从底下目不转睛地看着他工作，他的脖子变得僵直，眼睛因为灼热的阳光而刺痛。士兵与囚犯一起忙着。落在坑中的囚犯的衬衫与裤子，被士兵用刺刀尖挑了出来。衬衫脏得可怕，囚犯将它们放进水桶里清洗。他重新穿上衬衫与裤子时，囚犯和士兵忍不住大笑了起来，因为衣服的背面被划成了两半。也许囚犯觉得自己有义务逗士兵笑，于是他穿着被划破的衣服在士兵面前转圈，士兵蹲在地上，手拍着膝盖大笑。但顾虑到在场的先生们，他们便克制了些。

军官在上面的工作终于结束了，他微笑地俯瞰机身的每个部分，用力地关上一直开到现在的绘图机的盖子，然后爬下来，看看坑里，再看看囚犯，满意地发现他已经把衣服拿了出来，接着走到水桶前洗手，这才发现水桶里脏得恶心，遗憾自己不能洗手，只得将双手插进沙子里——这么做虽然无济于事，但也只能将就——然后他站了起来，开始解开自己制服上的纽扣。这时，塞在他衣领后面的两条女用手帕首先掉了下来，落到他手中。"这是你的手帕。"他说着，将手帕抛给囚犯，并向旅行者解释道，"这是女士们送的。"

他脱下制服的时候显得匆忙，很快，衣服全解下了，尽管如此，他对每件衣服依然悉心处理，甚至特意用手指抚平军服上的银丝带，拍拍流苏，使其平整。

他这样悉心处理衣服与一件事情反差甚大——每当他整理好一件衣服，就带着不情愿的表情，马上将它丢进坑里。最后剩下的，便是他的短剑与皮带。他拔剑出鞘，然后把剑折断，将全部的东西，包括短剑、剑鞘与皮带，一起握在手中猛地丢出去，而后从深坑里传来了碰撞声。

如今，军官赤裸地站在那里。旅行者咬住嘴唇，不发一语。他虽然知道会发生什么事，却无权阻止军官这么做。若军官所坚持的审判程序真的濒临废除——有可能是因为旅行者的干预，他自己觉得有义务干预——那么军官现在所做的事全是对的，若旅行者在他的位子，同样会这么做。

起初，士兵与囚犯并不明白情况，他们刚开始甚至没怎么往这边看。囚犯拿回手帕时非常高兴，却没有高兴太久，因为士兵冷不防地快速伸出手，截走了手帕，将它们藏在腰带后面。现在囚犯试着从士兵腰际夺回手帕，而士兵始终戒备着。两人就这样演了半出闹剧。直到军官赤身裸体，这才引起了他们的注意。特别是囚犯，他像是预感到某种巨大的骤变，发生在他身上的事，现在也发生在军官身上。事情可能会这么走向极端。也许是这位国外的旅行者下的命令。这是报复。囚犯受折磨并没有受到头，到头来却报了仇。

他咧着嘴无声地笑着，这笑容显现在脸上，久久未退去。

军官则转身走向机器。就算大家早先知道他对这部机器非常熟稔，如今看见军官的驾驭以及服从命令的机器，依然会感到惊愕。他只是将手接近钉耙，它们便上下移动，直到调整到可以容下他的位置才停下。他只是抓住床沿，底床就开始振动，毡毛棒迎上他的嘴，大家看见军官其实并不愿意，片刻犹豫之后，他才顺从地衔住了它。一切准备就绪，只有皮带还垂挂在两边，它们显然没有用处，军官并不需要被捆绑。这时候，囚犯注意到松脱的皮带，他认为不捆皮带，处决就不算完成，他热切地向士兵挥手，两人一同跑上前去，将军官捆绑起来。军官已经伸出了其中一只脚，想推动绘图机的握柄，让它启动，但他见两人来了，便把腿收回去，让他们把自己绑起来。如今不仅是他没法碰到握柄，连士兵与囚犯也找不到它，而旅行者也下定决心，站着不动。其实并没有必要：那皮带才一扣上，机器便开始运转。底床开始振动，针尖在皮肤上跳舞，钉耙上下移动。旅行者睁大眼睛看了一会儿，他想起绘图机里有个齿轮应该发出响声，但现场一片寂静，一点细微的嗡嗡声都听不见。

机器无声地运转着，大家也就没再注意它了。旅行者望向士兵与囚犯，囚犯精力较为充沛，因此对机器的一切都感到兴致勃勃，一会儿弯下腰，一会儿挺直身体，他不断地伸出食指，想让士兵看些什么。这让旅行者感到窘迫为难。他本决定待到最后，但眼见两位如此，他实在无法继续忍受下去。"回家去吧。"旅行者说。

士兵也许早就准备好回家去了，但囚犯觉得这个命令是种惩罚。他合掌恳求让他留在这里，甚至跪了下来，旅行者则摇头不肯让步。旅行者看见这些命令在这里无济于事，便想过去将两人赶走。这时，他听见上面的绘图机传来一阵声响。他向上看，莫非是那齿轮发生了故障？但并非如此。绘图机的盖子缓缓升起，最后完全打开。其中一个齿轮的尖角露出并升高，很快整个齿轮显现，仿佛有某种巨大的力量挤压着绘图机，以至于没有多余的位子可以容下齿轮，齿轮一路转到绘图机的边缘掉了下来，它直直地滚落沙中，然后定住不动。说时迟那时快，另一个齿轮已浮现在高处，紧随其后的是大大小小、许多无法分别的其他齿轮，全部有着相同的命运，升高、落下，滚入沙中，最终定住不动。人们以为绘图机差不多空了，却又看见另一组新的齿轮成群结队地出现。囚犯因为这些事，完全忘了旅行者的命令，那些齿轮使他着迷，他总想接住其中一个，同时催促士兵帮忙，可他一次次地被吓得缩回手，因为眼看着另一个齿轮马上就要落下来，他甚至会被齿轮一开始的转动吓到。

旅行者恰恰相反，他非常烦躁不安：机器显然要散架了，它安静的运转只是一种假象。他感觉到自己必须照顾军官，因为军官无法再照顾自己了。然而当齿轮落下时，他的注意力全被占去，忘了监管机器其余的部位。直到最后一个齿轮脱离绘图机，他才弯下腰去查看钉耙，却被新出现的糟糕状况惊吓到了。钉耙不写字了，它只是刺着；底床也不翻动身体了，而是振动着，将身体往上抬高让针尖顶入。旅行者想插手干涉，最好能让机器停下来，这可不是军官希望进行的刑讯了，这简直是谋杀。旅行者伸出了双手。这时，钉耙叉着军官的身体升高，斜向一边，像它平日十二个小时的运转那样。血流如注，涌流到四面八方，由于水管这次也失灵了，所以血并没有与水混合在一起。而今最后一步也失灵了：军官的身体无法从这些长针上松脱，他的血涌流着，身体就这么半悬于坑上，没有落下。钉耙应该要回到原位，但是此刻它仿佛意识到自己的工作未完，重负尚未解除，因此停在坑上不动了。

"快帮忙啊！"旅行者向士兵与囚犯喊道，自己则抓住军官的双脚。他想要压住那双脚，其他两人则在另一头抓住军官的头，这样便能慢慢地把军官从针尖上卸下来。然而这两位还没下定决心要过来，囚犯正要背过身，旅行者只得走到他们那边，强逼他们到军官的头那里。这时候，他不情愿地看见了尸体的脸。这个脸看起来就像活着的时候一样，看不到一丝神所应许的救赎，所有其他人在机器里获得的解脱，军官都没有得到。他的双唇紧闭，眼睛睁开，表情与生前一样，眼神显得安详而坚定，一根大铁钉刺穿了他的额头。

当旅行者领着士兵与囚犯来到流放地最初建造的房舍前时，士兵指着其中一幢说："这里就是茶馆。"

在那房子的底层，有一个低矮幽深的房间，四壁如洞穴，天花板被熏得漆黑。临街的这面全然敞开着。这家茶馆与流放地的其他房舍——除了宫殿式的司令部建筑——一样荒芜。尽管茶馆与其他房舍并无二致，它却带给旅行者一种回顾历史的印象，旅行者感到昔日的力量。他走上前去，后面跟着两个随行者，穿行在茶馆前街上的空桌子间，呼吸着从里面吹来的阴凉、潮湿而布满霉味的空气。

"老主人被埋在这里，"士兵说，"神父拒绝让他葬在墓园里。有段时间，大家还迟迟无法决定该将他葬在哪里，最终决定将他葬在这里。关于这些，军官一定没有向您说过，因为他当然为此感到非常羞耻。甚至有几次，他试图在夜里将老主人挖出来，不过每次都被赶跑了。"

"墓在哪里？"旅行者问，他无法相信士兵的话。

士兵与囚犯两人立即跑到他面前，伸出手来为他指出坟墓所在的地方。他们领着旅行者走到后墙边，那里的几张桌子旁坐着客人。他们也许是码头工人，身强力壮，蓄着短而黑亮的络腮胡。他们都没有穿外衣，衬衫残破不堪，是贫穷且备受屈辱的一群人。当旅行者走近时，有几个人站起来，靠在墙上，迎面看着他。

"是个外国人，"他们在旅行者周围交头接耳地说，"他要看那座墓。"

他们把一张桌子推到一旁，底下果真有块墓碑。那是一块简单的石头，比较低矮，藏在桌子底下绰绰有余。上面刻着字极小的碑文，旅行者要跪下来才能看懂，上面写着："老司令官在此安息。他的追随者——现已无法具名——为他造墓立碑。有一预言，司令官将在若干年后复活，从这个房子带领他的追随者，重新夺回流放地。必要相信，并且等待！"

旅行者读过后，站了起来，看见男人们站在四周微笑着，仿佛他们同他一起读过了碑文，觉得可笑，并敦促他同意他们的看法。旅行者佯装没有察觉，分给他们一些钱币，等桌子被推回到坟墓上，便离开茶馆，走向码头。

士兵与囚犯在茶馆遇见了几名友人，被他们拦住了。不过，这两人定是很快就顺利脱身了，因为旅行者刚走到通往小船的长阶梯的一半，他们就已经在后面追赶上了。也许他们想在最后一刻强迫旅行者带他们一起走。当旅行者在下面跟一名船夫商量摆渡到轮船上的价格时，两位追随者从阶梯上飞奔而下，一声不吭，因为他们不敢大声喊叫。然而，等他们来到下面时，旅行者已经上了小船，船夫正撑船离岸。他们本可以跳上小船，但旅行者从船板上提起一条沉甸甸的、打着结的缆绳，恫吓他们，这才没让他们跳上来。

乡村医生
Ein Landarzt

作品简介

　　短篇小说集《乡村医生》(*Ein Landarzt*)共收录十四则短篇故事，1920年春天由德国科尔特·沃尔夫出版社（Kurt Wolff Verlag）出版。

——几则小短文，献给我的父亲

新来的律师

Der neue Advokat

我们这里新来了一位律师，布塞法鲁斯博士。从他的外表很难看出，他曾是马其顿王国亚历山大大帝[1]的战马。但是，对情况有所了解的人，就会有所察觉。前不久，我就在露天台阶上看见一个傻乎乎的法院仆役，他以一个赛马常客的内行眼光，惊羡地注视着律师，看他高高抬起大腿，迈着噔噔作响的脚步在大理石台阶上拾级而上。

---

[1] 此处指古希腊西北部的马其顿王国（Macedonia，公元前808年至公元前167年），其最辉煌的时代由亚历山大三世（Alexander the Great，公元前356年至公元前323年）建立，帝国领土横跨欧、亚、非三洲，并远征印度。传说当时有一匹战马，名叫布塞法鲁斯（Bucephalus，公元前355年至公元前326年），性格桀骜不驯，无人能驾驭。亚历山大大帝于十三岁时驯服了它，此后布塞法鲁斯成为他的爱驹，随之四处征战，出生入死。

律师界普遍是同意聘用布塞法鲁斯的。人们以惊人的洞察力告诉自己，布塞法鲁斯在今日的社会制度下处境困难，加之他在世界历史上的重要性，无论如何都应该受到款待。今天——没人能否认的是——再也没有伟大的亚历山大了。尽管有些人懂得如何杀人，他们也不缺乏将长矛掷向宴会桌、精准刺中朋友的技巧。对于许多人来说，马其顿王国太小了，他们因此诅咒国父菲利普[2]——却没有人，没有人能够带领众人去往印度。即便在当时，印度之门也是遥不可及的，但国王的宝剑指明了它所在的方向。今天，这些门都换了地方，而且更远、更高了。没有人指出方向，许多人持着剑，却只是挥一挥罢了，意欲随剑而去的目光也变得迷惘。

　　因此，也许像布塞法鲁斯那样深陷于律法典籍当中，是最好的办法。他无拘无束，免受骑士两腿夹骑之苦，远离亚历山大征战的怒号，在寂静的灯下阅读我们古老的书籍。

2　此处指国王腓力二世（Phillip II.，公元前382年至公元前336年），为亚历山大三世的父亲，在公元前359年至公元前336年为马其顿国王。

乡村医生

Ein Landarzt

我陷入了极大的窘境——眼下有场急迫的出行，一个重病的人在十几千米外的一个村庄里等我。大雪纷飞，阻隔了我和他之间遥远的路途。我有一辆马车，轮大，轻便，适合行驶在乡间路上。我穿上毛皮大衣，提着诊具包，站在院子里整装待发，却没有马，少了马。我自己的马因为在冬日的严寒里过度疲劳，在昨夜毙命了。现在我的女佣正在村子里四处奔波，想借得一匹马，我知道这是毫无指望的，我茫然地站在那里，雪越厚，路就越难走。

女佣出现在门口，她独自一人，摇晃着手里的灯。当然，谁会在此刻借出自己的马给别人跑这样一程呢？我在积雪的院子里来回踱步，想不出别的办法；

我感到痛苦不堪，心不在焉地在多年不用的猪圈的破门上踢了一脚。门开了，门扇在铰链上来回摆动，发出声响。一股温暖的气息扑面而来，像是马的味道。里面的一根绳子上摇晃着一盏昏暗的厩灯。一个男人蜷缩在这低矮的棚屋内，露出睁着一双蓝眼睛的脸。

"需要我套马吗？"他一边问，一边四肢着地地爬了出来。

我不知道该说些什么，只是弯下腰，看看猪圈里还有哪些东西。

女佣站在我身旁，说道："你连自己家里有什么东西都不知道啊。"

她说完，我们两人都笑了。

"嘿，兄弟！嘿，妹妹！"马夫喊着，两匹马相继出现，它们膘肥体壮，腿紧贴着身体，英挺的头像骆驼般低垂着，完全依靠身体扭动的力量，才先后从被它们的身体塞得满满的门洞里挤了出来。它们又很快站直，挺着长腿与热气蒸腾的身体。

"去帮忙。"我说。顺从的女佣连忙将套马的挽具递给马夫。

然而，女佣刚靠近马夫，他就一把抱住了她，把脸贴在她的脸上。女佣惊叫着，逃向我这里，脸颊上出现了两排红红的齿印。

"你这个畜生，"我愤怒地喊道，"你想挨鞭子吗？"同时却意识到，他是陌生人，我不知道他从哪里来，而且他在大家坐视不管的时候，自愿帮我解围。他好像知道我在想什么，对我的威胁并未感到不快，只是一直忙着套马，仅回头看了我一次。

"上车吧。"他接着说，确实一切都已就绪。我发现这是一对漂亮的马，而我还没乘坐过由这样的骏马拉的马车，于是欢欣地上了车。

"不过，马车由我来驾，因为你不认识路。"我说。

"当然了，"他回答，"我才不跟着去，我要留在罗莎这里。"

"不！"罗莎叫着，深深预感到了自己难以逃脱的命运，随即跑进屋里。我听见她挂上门链的叮当声，我听见她扣上门锁，我还看见她飞奔过走廊，穿过所有的房间，轮番熄灭所有的灯，好让自己隐蔽难寻。

"你跟我一起走，"我对马夫说，"不然我也不上路了，无论事情多么急迫。我不能为了这一趟出行牺牲掉我的女佣。"

"驾！"他喊了一声，拍拍手，马车旋即向前飞奔，像激流中的木头；我还听见，我的家门在车夫的攻势下迸裂开来。我的眼睛、耳朵等所有的感官，都被他的风驰电掣所填满。然而，这只是一瞬间的事，因为我已经到了，仿佛出了我家大门就到了病人家的院子。马儿安静地站着，雪也停了，月光洒满了院子。病人的父母匆忙从屋里出来，病人的姐姐跟在后面。我几乎是被抬出了马车，那些纷乱的话语我一点儿也听不懂。病人房间里的空气简直令人无法呼吸，无人照看的火炉正冒着烟，我想打开窗户，但在这之前得先看看病人。他很瘦，没有发烧，身体不冷不热，眼神空洞。这个年轻人没有穿衬衣，盖着羽绒被，他坐起身，抓住我的脖子，在我耳边细语："大夫，让我死了吧。"我看看四周，没人听见他的话。他的父母沉默地站着，身体微微前倾，等待我的判决；他姐姐送来一把椅子，让我放诊具包。我打开提包，在里面寻找诊具。床上的年轻人不断地将手伸向我，要我记住他的请求，我拿起一把镊子，借着烛光检查了一下，然后再放回去。是的，我有如亵渎神明那般地想，在这样的状况下，众神帮了忙，送来需要的马，由于情况紧急，又加了一匹，还送了一名马车夫——

这时我才又想起罗莎，这里距离她十几千米，马车前有一对难以驾驭的骏马，我该怎么做，该怎么救她，该怎么将她从车夫的身下拉出来？现在，这两匹马不知怎的松开了缰绳，我不知道它们是如何从外面撞开窗户的，各自找到一扇窗，把头伸进来探看病人，无视这家人的惊呼。

我马上回去。我想着，仿佛这两匹马在催促我动身，我却默许病人的姐姐将我的毛皮大衣脱下，她以为我热得发昏了。病人的父亲给我倒了杯朗姆酒，拍拍我的肩，以奉献出珍宝的举动表明对我的信任。我摇摇头，这位老人的狭隘思想使我感到不适，正因为这样，我才拒绝喝这杯酒。病人的母亲站在病榻前向我招呼，我顺着走过去，正当一匹马对着房间天花板嘶鸣时，我把头抵在年轻人胸前，他在我潮湿的胡子下打了个寒战。这证实了我所知道的情况：这个年轻人是健康的，只是在母亲过度的照料下喝了太多咖啡，有些气血不足罢了，但还是健康的，最好一把将他赶下床。我不是自以为能改变世界的人，所以只有让他一直躺着。我是这一区聘用的医生，我兢兢业业，甚至到了有些过分的地步。我收入微薄，却待人慷慨，随时准备帮助穷人。我还得照顾罗莎，如此一来，这个年轻人想死可能是对的，因为我也想死呢。在这漫长的冬日，我到底在这里做什么呢！我的马已毙命，村里也没有人愿意借马给我。我得自己从猪圈里拉出牲口，要不是刚好有马，我就得用猪拉车了。事情就是这样。我向这家人点点头。他们什么也不知道，就算他们知道了，也不会相信的。开药方很容易，但要与人沟通却很困难。现在，这次夜诊即将结束，人们又让我白跑了一趟，对此我早已习惯了，整区的居民借着夜间急救铃来折磨我，这次我还得牺牲掉罗莎，这个漂亮的女孩住在我家这么多年，我几乎没怎么注意过她——这样的牺牲太大了，我一定要好好斟酌，想着怎么让自己不要去责骂这家人，他们再怎么做也没法将罗莎还给我了。

当我合上诊具包，用手示意要取毛皮大衣时，这家人站在一起，病人的父亲嗅了嗅他手中的那杯朗姆酒，病人的母亲也许对我感到失望——是啊，他们究竟在期待什么呢？——她噙着泪水，咬住嘴唇。病人的姐姐则挥舞着一条沾满血迹的毛巾。我不知怎的竟准备承认，这个年轻人也许是真的病了。我走向他，他对我微笑，仿佛我给他端来了最强效的汤剂——啊，现在两匹马嘶鸣着，这嘶鸣声定是上天的安排，要让我轻松地做检查——如今我发现，对，这个年轻人病了。他的身体右侧，接近臀部的地方，有一个手掌般大小的伤口，呈现出深浅不一的玫瑰色，深处显得暗沉，边缘则稍浅，颗粒细软。凝结的血块不均匀地分布着，犹如裸露的煤矿。这是远看的情况，近看的话，就会看见恶化的样子。看见这样的伤口，谁能不发出轻轻的唏嘘声呢？蠕虫黏附在伤口内部，它们的长短、粗细与我的小指相当，身体呈粉红色，并沾染了血污，白色的小头与许多小腿蠕动着，往伤口的浅色处爬去。可怜的年轻人，没人帮得了你了。我找出了你的大伤口，你身上的这朵花将会带你走向毁灭。全家人都很高兴，他们看着我工作，姐姐将这情形告诉母亲，母亲告诉父亲，父亲再告诉一些客人，他们正踮着脚，踩着月光走进敞开的门，还伸开双臂来保持身体平衡。

"你要救我吗？"年轻人一边哽咽，一边轻声说，完全被自己伤口里蠕动的虫子弄得目眩眼花。我们这边的人就是这样，总是向医生要求不可能的事。他们丢失了古老的信仰，神父坐在家中将弥撒祭服一件件撕碎，医生却要用他精通外科的妙手承担一切。那么，随他去吧——我并不是自己主动要上门来看病的，若你们需要我担圣职，我也会顺从地接受。我这么一个年迈的乡村医生，连女佣都被人夺去了，接下来还指望有什么好事发生呢！他们来了，这家人连同村里的长者一起，为我脱去衣服；一名教师带领一个学生合唱团站在屋前，用再简单不过的旋律唱着如下歌词：

脱下他的衣裳，他就能治病；
若他无法治愈，就将他处死！
他仅是一名医生，仅是一名医生。

然后，我被脱去了衣服，手指抚摩胡子，侧着头静静看着众人。尽管我镇定自若，远胜过他人，并始终保持着这种镇定，却无济于事，因为他们正抓着我的头和脚，把我拖上床去。他们把我放在面朝墙壁、挨着伤口的那一侧。接着，所有人走出房间。门被关上了，歌声停止了，云层遮蔽了月亮，被褥温暖地罩着我，马头在窗洞里如影子般隐现晃动。

"你知道，"我听见有人在我的耳畔说话，"我对你的信任已经微乎其微。你不过是被甩在这里罢了，完全不是靠自己的脚走过来的。你非但没有帮我，还到我这张等死的床榻上挤占位置。真想把你的眼睛挖出来。"

"没错，"我说，"这是一种耻辱。但我现在是医生，我该怎么做呢？相信我，这对我也很不容易。"

"你以为这样道歉我就会满意了？啊，我是该满足。我永远都应该满足。我带着一个美丽的伤口来到世上，这就是我全部的装备。"

"年轻的朋友，"我说，"你错在你无法统揽全局。我去过远远近近的许多病房，我可以告诉你：你的伤口一点儿也不可怕，只是被斧头的尖角砍了两下而已。许多人在森林里听不见斧头的声音，更不能注意到斧头在接近他们，就傻乎乎地等着被砍。"

"真是这样，还是你趁我发烧的时候来骗我？"

"真是这样，我以身为公职医生的名誉作担保。"

他相信了，然后沉默下来。

但现在是时候考虑怎么解救我自己了。两匹马仍然忠实地站在原地。我快速收起衣服与诊具包，我不想花时间穿衣服，如果马儿能像来时那么快，我就能跳下这张床马上回到自己的床上。一匹马顺从地从窗边退回去，我把东西成捆地丢上马车，毛皮大衣飞得太远，只有一只袖子牢牢挂在钩子上。这样已经很好了。我跃上马，缰绳松松地拖曳着，两匹马并没有被套在一起，马车漫无目的地跟在后面，毛皮大衣则在最后面，在雪地上拖行。

"驾！"我喊道，但是马儿并没有因此开始奔驰。我们像老人一般，缓慢地穿行在皑皑的雪地里，在我们身后，久久回荡着一首孩子们新唱的歌曲，那歌词错误百出：

欢欣吧，病人们，

医生已被放到你们的床上！

我这样永远也到不了家。我兴隆的诊所完蛋了，一名接班人在抢我的生意，但这无济于事，因为他无法取代我。在我家，那可憎的马夫正在施暴，罗莎是他的牺牲品。我不愿再想下去了。我这个年迈的老头子，被赤身裸体地丢进最不幸的时代的严寒中，乘着人间的马车与非人间的马，四处飘荡。我的毛皮大衣挂在马车上，我却无法触及它，而那些四肢灵活的流氓病人，却连一根手指都不愿意动。被骗了！被骗了！只要听信一次夜间急救铃的假警报，就永远无法挽回了。

在顶层楼座

Auf der Galerie

假如有某个体弱且患有肺病的女马术师，她在马戏场不知疲倦的观众面前，骑着晃动的马，被冷酷无情的团主挥舞着鞭子，一连数月，不断地驱赶着绕圈，她抛着飞吻，身穿紧身衣扭动着身体；假如这场马戏在转动的风扇与乐队不停歇的喧闹声中，不断地向前推进，延伸到她眼前敞开的灰色未来，同时随着此起彼落的掌声，那声势强如蒸汽锤——也许会有一位坐在顶层楼座的年轻观众，沿着每一楼层长长的楼梯急急奔下，冲进马戏场，大喊一声：停下！声音力图穿透乐队的号角声。

然而，情况并非如此。一位两颊红润、肤色白皙的美丽女士从帘幕间飞身上场，拉开帘幕的人穿着制服，露出骄傲的神态。团主全心全意地追随着她的双眼，像动物一般迎着她喘气。他小心翼翼地将她扶上灰斑白马，仿佛她是他最钟爱的孙女，就要踏上危险的旅程。他无法下定决心挥鞭，最后终于克服障碍，响亮而用力地挥下去。他张着嘴，跟在马儿旁边跑，锐利的目光跟随女马术师跳跃。他几乎无法理解她的骑术，便用英语呼喊，要她小心，同时愤怒地警告手持大木圈的马术小童，必要严加留意。在女马术师将要进行空中三连翻的绝技之前，他高举双手示意乐队停止演奏，保持安静。最后，他把这个女孩从颤抖的马背上扶下，亲吻她的双颊，觉得观众再怎么致敬都不够，女马术师被他扶着，高高踮起足尖，周身是飞扬的尘土，她展开双臂，小小的头后仰着，意欲将她的幸福分享给在场的所有人——因为情况如此，这位顶层楼座的观众把脸靠在栏杆上，他像陷溺于深沉的梦境般，沉浸在退场时的进行曲中，浑然无觉地哭了起来。

一页旧事

Ein altes Blatt

在保卫祖国这方面，我们似乎忽略了许多事情。迄今为止，我们都没有顾及这些，只忙于工作，然而，最近的一些事件使我们担忧。

我有一家鞋店在皇宫前的广场上。清晨时分，刚一开店，我便看见通往这里的所有街巷被武装人员占领了。但不是我们的士兵，显然是来自北方的游牧人。他们不知怎么的就打进了首都，这里与边境明明隔着遥远的距离。但无论如何，他们已经来到了这里，看样子，他们的人将会与日俱增。

他们厌恶房屋，便依照习性露天安营扎寨。他们磨剑、削箭、精进马术，把这个寂静且被悉心维持干净的广场变成了一个真正的马厩。尽管我们有时会奔出店门，想至少清理一下那些恶心的垃圾，但这样做的次数越来越少，因为做了也是徒劳，还会让自己置身于危险之中，被来势汹汹的野马与长鞭所伤。

与游牧人交谈是没有办法的。我们的语言他们不懂，且他们几乎没有自己的语言。他们交流的方式就像寒鸦，我们总是听见寒鸦那般聒噪的叫声。我们的生活方式和我们的种种习俗，他们同样摸不着头绪，也处之漠然。他们抗拒任何手势语言。即便你让下巴错位、手腕脱臼，他们也不会明白你要表达的意思，而且永远不会明白。他们时常做鬼脸，然后翻白眼、口吐白沫，却不是为了要说些什么，或者吓唬别人，他们这么做，只因为那是他们的习性。他们需要什么就去取，我们不能说他们使用了暴力。在他们下手之前，人们就已退到一旁，听凭其便。

他们也从我的存货当中取走了不少好东西。但我不会埋怨，因为我看见了别人的遭遇，比如发生在对面的肉贩身上的遭遇。他的货品才刚到，便全被夺走，被游牧人狼吞虎咽地吃掉了。他们的马也吃肉，时常可见一名骑士躺在他的马旁，二者各咬一端，共食一块肉。肉贩非常恐惧，他不敢停止供肉。我们可以理解，于是募集了金钱来资助他。要是游牧人得不到肉，谁知道他们会做出什么事情来，就算他们每天都有肉吃，谁知道他们又会想出什么新花招呢？

最近，肉贩想到，他至少能省下屠宰的力气，于是在早晨牵来一头活的公牛。他可别再这么做了。我在鞋店后面的地板上趴了约一个小时，将所有的衣服、棉被与垫褥堆在自己身上，只为了不要听见公牛的惨叫。游牧人从四面八方扑向它，用牙齿从它热腾腾的身上撕下新鲜的肉。等喧嚣平息了好半天，我才敢走出门去。他们就像酒桶旁的酒鬼一般，疲惫地躺在公牛的残骸旁。

就在那时，我相信我看见了国王本人在皇宫里临窗而立，平常他从不到这样的外院来，只在内庭深居着。这次他却——至少我看见了这一幕——站在窗边，垂头目睹了皇宫前的这场喧嚣。

"再这样下去会如何呢？"我们相互问着，"这样的忍辱负重，这样的痛苦折磨，我们还要再忍受多久呢？皇宫引来了游牧人，却不知道怎么驱赶他们。宫殿大门紧闭，从前庄严隆重、大步进出的卫兵，如今都待在装了栅栏的窗户后面。因而，拯救祖国的使命便被托付给了像我们这样的工匠与商人，但我们却无力担负如此重任，我们也不曾夸口自己有这样的能力。这是一场误会，而我们将因此毁灭。"

在法的门前

Vor dem Gesetz

在法的门前，站着一个守卫。有个乡下男子来到这个守卫面前，请求允许他进入法的大门。守卫却说，现在不能允许他进去。男子考虑了一下，然后问以后可不可以进去。"有可能，"守卫说，"但现在不行。"

由于法的大门一如既往地敞开着，守卫也站到了一旁，那男子便弯下腰，想看看门内的情形。守卫看见了，便笑着说："假如它这么吸引你，为何不试试不顾我的阻止，大方地走进去？但要记住：我是强大的。而我只是最低等级的守卫。每个厅都有守卫站在那里，一个比一个强大。我才见到第三个守卫就受不了了。"

这样的困难是乡下男子没预料到的。"法的大门不是应该随时对每个人敞开吗？"他想。然而，此刻他端详着身穿皮大衣的守卫，看见他尖尖的大鼻子，还有稀疏的黑色鞑靼式长胡须，便下定决心，还是在门前等着吧，一直等到自己获准进入为止。守卫给他一个小凳子，让他在门旁坐下。他在那里日复一日、年复一年地坐着。他做了许多尝试，想让自己获准进入，他提出各种请求，让守卫疲惫不堪。守卫时常提出一些审讯，盘问他家乡的情况以及许多其他的事情，但无非都是些大人物爱问的冷漠问题。最后总说，还是没法让他进去。乡下男子为这趟旅行做了不少准备，他倾其所有——无论多么贵重——都拿来贿赂守卫了。守卫收下了所有的东西，却说道："我收下它们，免得你认为自己错失了什么机会。"

这么多年来，男子从不间断地观察着守卫。他忘了其他的守卫，把第一个守卫当作他进入大门的唯一阻碍。他咒骂着这场不幸的偶然事件，刚开始的几年，他无所顾忌地大骂，之后，他日渐衰老，也只能哼哼唧唧地咒骂了。他变得幼稚，由于他长年观察守卫，连他衣领上的跳蚤也能认出来，他也请求跳蚤帮忙，希望它们能让守卫改变想法。最后他的视力也衰退了，他不知道是四周的一切真的变暗了，还是因为他的眼睛蒙蔽了他。然而，他分明在黑暗中看见了一道不可磨灭的光芒，冲破重重法的大门，照射出来。如今他已时日无多。

在他死前，这段岁月里的全部经验在他的脑海中汇聚成一个问题；这个问题，他至今尚未向守卫提出过。他向守卫挥手示意，因为他的身体已然僵硬，没有办法站起来了。守卫不得不深深地弯下腰去，因为两人身高的差距发生了巨大的变化，乡下男子变成了较矮的一方。

"你现在究竟还想知道什么？"守卫问，"你真是不知足。"

"每个人都在追求法律，"男子说，"为什么这么多年来，除了我再没有别人要求进入这道大门呢？"

守卫看出男子的生命已到尽头，为了男子那渐渐消失的听觉还能听清楚，守卫对他咆哮道："别人也进不去，因为这道门仅仅为你而开。现在我要关上门离开了。"

豺狼与阿拉伯人

Schakale und Araber

我们在一片绿洲上露宿，旅伴们都睡了。一个身材高大、身穿白衣的阿拉伯人从我身边经过，他刚刚安顿完骆驼，往睡铺走去。

我仰身倒入草坪，想睡却难以入眠，一只豺狼在远处哀嚎，于是我又坐了起来。那远方的声音忽然就出现在近旁。成群的豺狼围绕在我身旁，它们的眼睛闪烁着忽明忽暗的金色光芒，细瘦的身体像挨了鞭子般规律而灵活地扭动着。

其中一只从我的背后过来，挤到我的腋窝下，它黏着我，好似需要我的温暖，然后走到我面前，几乎是脸贴脸地对我说："我是方圆百里之内最老的豺狼。我很高兴能在这里欢迎你。我几乎已经放弃了希望，因为我们等你已经等得太久了。我的母亲等待过，母亲的母亲、上至各代母亲，还有所有豺狼的母亲都等待过你。相信我！"

"这真使我惊奇，"我说，竟忘了点燃柴堆，木柴已经备在那里，好用它们的烟来阻挡豺狼，"听到这些真使我惊奇。我只是偶然从遥远的北方来到这里，正在进行一趟短暂的旅行。你们豺狼究竟要我做什么呢？"

它们在我身边围成一圈，像是受到了我过度友善的回应的鼓舞：所有豺狼都急促地喘着气，发出嗥叫声。

"我们知道，"最老的豺狼开始说，"你从北方来，这正是我们的希望。那里有我们这里的阿拉伯人所没有的理智。在这样的冷漠傲慢里，你知道，是迸发不出一点儿理智的火花的。他们残杀动物，只为了吃掉它们，但对腐尸则不屑一顾。"

"说话别这么大声，"我说，"阿拉伯人就睡在附近。"

"你真是个外地人，"豺狼说，"否则你会知道，在世界的历史上还不曾有过豺狼害怕阿拉伯人的事情。我们应该害怕他们吗？我们沦落到与他们为伍的境地，难道还不够糟糕吗？"

"也许，也许吧，"我说，"我不会对跟我八竿子打不着的事情妄加评论；看来这是非常久远的争端，大概已经根深蒂固地溶入了血液、代代相传了，说不定还需要以流血来终结。"

"你非常聪明。"老豺狼说道。所有的豺狼喘息得更加急促了。尽管它们都站着不动，肺部却在剧烈地起伏着。一股难闻的气味——有时只有咬紧牙关才能忍受得住——从它们张开的嘴里散发出来。"你非常聪明。你所说的话，正符合我们古老的训诫。我们会取他们的血，争端也会就此终结。"

"噢！"我叫道，语气比预想的要粗野，"他们会还击，用猎枪把你们全部杀死。"

"你误解我们了，"它说，"站在人类的角度上看事情，这点果然在遥远的北方也不例外。我们才不会杀死他们，否则，尼罗河的水也无法将我们洗净。我们只要一看见他们活着的躯体，就会逃得远远的，逃到纯净的空气里，逃到沙漠去，沙漠也因而成为我们的家乡。"

周围所有的豺狼，里面有许多是后来才从远处赶来的，它们把头垂在两条前腿间，用爪子清洁着。它们仿佛企图掩藏某种厌恶，那厌恶如此令人恐惧，使我恨不得一跃而起，逃出它们的圈子。

"那么你们想做什么？"我问道，想站却站不起来，在我身后，两只小豺狼正紧紧咬住我的大衣与衬衫，我只好继续坐着。

"它们咬着你的后襟呢，"老豺狼严肃地解释道，"这是尊敬的表示。"

"它们应该放开我！"我喊道，一会儿看看老豺狼，一会儿看看小豺狼。

"如果你这样要求，它们当然会放开你。"老豺狼说，"但还需要一点儿时间，因为它们依照习俗，会咬得很深，然后再慢慢松开牙齿。在这段时间里，就听听我们的请求吧。"

"我还是不大能接受你们的行为。"我说。

"别因为我们的笨拙而误了事，"它说，第一次以自然的声调发出了哀求，"我们是可怜的动物，我们只有这副利齿，无论我们想做什么，好事或者坏事，我们唯有这副利齿。"

"你想要什么呢？"我问着，语气稍微缓和了一些。

"先生，"它叫道，其他的豺狼也开始嗥叫，声音飘到远方，听起来好似响起一支乐曲，"先生，你应该终结这场将世界一分为二的争端。你正是我们先祖所描绘的将要终结争端的人。我们必须从阿拉伯人那边得到和平、可供呼吸的空气，以及被他们弄干净了的地平线周边的景致。再没有阿拉伯人刺杀活羊的惨叫声，所有的动物都应该平静地死去，好让我们不受打扰地饮其血，食其肉，直到剩下已然干净的骨头。干净，我们要的只有干净。"——这时，所有豺狼都哭着，抽噎着——"你的心灵高贵、五脏六腑皆甜美，如何能够忍受这世界？肮脏的是他们的白；肮脏的是他们的黑；令人恐惧的是他们的胡子，看见他们的眼角便让人作呕。他们抬起手臂，地狱便在腋窝里开启。因此，噢，先生，噢，尊贵的先生，因此，请你伸出无所不能的援手，伸出无所不能的援手，用这把剪刀割断他们的喉咙吧！"然后它的头倏地一转，一只豺狼紧跟上来，用牙齿叼着一把锈蚀的小裁缝刀。

"剪刀终于来了，这场戏可以收场了！"率领我们商队的阿拉伯人喊道，他迎着风悄悄地靠近我们，现在正挥舞着他巨大的鞭子。

所有的豺狼顿时飞快地散去，但在不远处停住，紧挨着蹲伏在一起。如此多的动物紧靠着，僵着身体、纹丝不动，看来就像一道被重重鬼火包围着的窄小围栏。

"那么，先生，你也耳闻目睹了这场戏。"那位阿拉伯人说，高兴地笑着，好似他民族的矜持性允许了他的这种反应。

"你知道这些动物要的是什么吗？"我问。

"当然了，先生，"他说，"这已是众所周知的事。只要阿拉伯人在，这把剪刀就会在沙漠中游荡，与我们一起游荡至岁月尽头。这把剪刀会被提供给每个欧洲人，让他们创造一番伟业。每个欧洲人都负有这项使命。这些动物抱持着这样一个荒唐的希望。它们是傻瓜，它们是一群真正的傻瓜。因此我们喜爱它们，它们是我们心爱的狗儿，比你们的还要漂亮。看着吧，夜里死了一头骆驼，我请人把它弄过来了。"

四个人扛着这具已经开始腐烂的沉重兽尸走来，抛在我们面前。兽尸一落地，豺狼便高声嗥叫起来。每只豺狼如同被绳索拉扯着、抗拒着，它们身体贴着地面向前进，走走停停。它们忘了阿拉伯人，忘了那仇恨，尸体散发出浓重气味，使它们心荡神驰。其中一只豺狼已扑向尸体的脖子，一口就咬断了动脉血管。尸体的每一块肌肉都在原地抽动着、颤抖着，如同一台急速运转的小水泵，拼命而又绝望地想扑灭一场漫天大火。顿时，所有的豺狼爬上尸体撕咬起来，像叠罗汉似的高高堆起一座小山。

这时，阿拉伯领队用力地抽起鞭子，锐利的皮鞭在它们身上狂舞。它们抬起头，似醉且昏地看着眼前的阿拉伯人。此刻它们感到皮鞭落在了自己的嘴上，于是立刻跳跃着后退，往回跑了一段距离。然而骆驼血已经流了一大片，热气升腾，尸体多处被撕裂成大伤口。豺狼无法抵挡诱惑，旋即又回到那里，领队又开始挥鞭，我抓住了他的手臂。

"你是对的，先生，"他说，"我们就让它们继续它们的天职吧，况且也是时候动身了。你看见了它们。多奇妙的动物，不是吗？然而，它们却是多么恨我们啊！"

视察矿山

Ein Besuch im Bergwerk

今天，高级工程师们来到我们的矿山下。指挥部那边下达了一项新任务，要铺设一条新的坑道，工程师来这里做初步测量。这些人多么年轻，每个人看起来多么不同！他们都自由成长，年纪轻轻就展现了无拘无束的鲜明个性。

第一位，黑发，活泼，眼珠子骨碌碌地转动着，四下张望。

第二位，带着笔记本，边走边记，四处查看、比较、记录。

第三位，双手插在大衣口袋里，弄得全身紧绷绷的，走起路来直挺挺的。他保持着一种尊严，只有在不断咬嘴唇的时候，才显露出那股热切、抑制不住的朝气。

第四位，在对第三位做解说，但第三位并没有要求他这么做。他比第三位矮，像个有事相求的人在第三位身旁奔忙着，频频将食指举向空中，喋喋不休，好似要把在这里看到的一切都说给第三位听。

第五位，也许是级别最高的一位，不容许随行陪伴，时而在前，时而在后，全体人员的脚步都随着他而调整。他看起来苍白虚弱，工作的职责使他的双眼凹陷，在思索时，他常常用手按着额头。

第六位与第七位，走路微弯着腰，头抵头、肩搭肩，亲昵地交谈着。若非这里明显是我们的矿山，我们的工作区又在深深的坑道里，人们可能会以为这两位瘦骨嶙峋、未留胡子的大鼻子先生是年轻的神职人员。其中一位总是暗自发笑，发出猫一般的呼噜声；另一位同样微笑着说话，一只手随兴地打着节拍。两位先生一定对他们的职位非常有自信，尽管年纪轻轻，他们定是为我们的矿山创下了不小的功绩，才能够在这样重要的场合里，在他们主管的眼皮子底下无所顾忌地只忙着自己的或者与眼下工作无关的事情。或者说有没有可能：他们早已在这样漫不经心的笑闹当中，把该注意到的东西都记在心里了？对于这两位先生，大家都不敢妄加评断。

但是另一方面又毫无疑问：比如第八位与这两位相较起来，甚至与其他所有人相比，真是无与伦比地认真。一切他都会亲力亲为，不时地从口袋里抽出一把小锤敲打一番，然后又将它放回去。有时他无视自己考究的衣裳，直接跪在肮脏的地上，敲打着地面，还边走边敲墙壁与头顶上的坑道顶。有一次，他躺在那里许久，一动也不动。我们以为他出了事，但是后来，他细瘦的身体轻轻地跳了起来。原来他又完成了一项检查。我们自以为了解我们的矿山与矿石，但这位工程师以这样的方式不断研究着什么，这我们就不明白了。

第九位，推着一辆像婴儿车的推车，里面装着测量仪。这个仪器极为贵重，被深深地包裹在柔软的海绵里。这台推车本来应当由仆役来推，但他们信不过仆役，一名工程师便站了出来，大家都看得出来，他很乐意做这件事。他大抵是最年轻的，他也许对所有的仪器一窍不通，但他目不转睛地看着它们，有时几乎因此而险些推着推车撞上墙壁。

不过，还有一名工程师，他走在推车的旁边，以免这样的事发生。这名工程师显然精通这些仪器，他像是它们真正的保管员。他在推车行走的时候，时不时地取出仪器的零件端详它们，将螺丝松开或拧紧，摇晃或拿着锤敲，再放在耳边聆听，最后，通常是在推车人静止不动的时候，他会将那从远处几乎看不见的小东西，极为小心谨慎地放回推车里。这位工程师有些许的掌控欲，不过都是以仪器之名。在车前十步之遥的地方，我们就得按照无声的手势靠边让路，尽管那里往往无路可让。

一位无所事事的仆役走在这两位先生后面。这些先生在渊博的知识面前，自然早已摒除一切傲慢，仆役则相反，由内而外升起了一股傲气。他一只手放在背后，另一只手抚摩着他制服上的镀金纽扣或者精美的布料，频频向左或向右点头，仿佛是我们在向他致意而他予以回应，或者是他认为我们在向他致意，而以他的地位，无法验证这一点。当然，我们并未向他致意，但你要是看到他的样子，或许会觉得，当个矿山指挥部的仆役也是件了不起的事呢。我们在他身后笑了起来，然而，即使是一声雷响也无法使他转过身来，这让我们不知道该不该因而更加尊重他。

今天没有干什么事，工作中断太久了，所有工作的念头都被这次视察打消了。最诱人的事情是目送先生们离开，看着他们的身影消失在试用坑道的黑暗之中。我们值班的工作也即将结束，就看不到先生们返回了。

邻村

Das nächste Dorf

我的祖父总爱说:"人生实在短得惊人。现在,它们在我的记忆里倏然浮现,我几乎无法弄明白,比如,一个年轻人如何能下定决心,骑马到邻村,而一点儿也不惧怕——抛开路上可能发生的不幸不谈——连平凡、幸福地度过的一生时光,也远远不够做这样一程骑行。"

一道圣旨

Eine kaiserliche Botschaft

据说，皇帝给你这样一个可怜的臣子，一个从帝王的太阳下逃到海角天涯的渺小影子，下了一道圣旨。在众臣之中，皇帝在他垂死的病榻上独独给你下了一道圣旨。他让使者跪在床榻边，在使者的耳畔低声说出圣旨，他是那么紧张自己的圣旨，还让使者在他耳边复述了一遍。皇帝点点头，确认使者复述无误。当着众臣的面——所有挡路的屋墙都被拆毁，重臣们立于宏伟广阔、一望无际的露天台阶上——当着这些人的面，皇帝打发使者上路。

使者立即出发了。他身体强壮，不知疲倦。他的手臂左挥一下，右挥一下，在人群中开辟了一条道路，如遇抵抗，他便指着自己的胸脯，上面有太阳的标志。

他一路前进，势如破竹，无人可挡。然而人潮拥挤，他们的屋舍也难以一眼看尽，若前方是一片无边的田野，他就可以一路飞奔，很快，你就会听见他挥拳敲门的响亮声音。

然而事与愿违，他的操劳都付诸流水。他总想冲进深宫内院，却从未成功——即便成功，也肯定一无所获。他得穿过重重险阻才能走下台阶——即便成功，也肯定一无所获。他得穿过广阔的庭院，过了第二座宫廷内院，接下来还有更多的台阶与庭院，然后再一座皇宫，如此以往，历经千年，最后他终于从最外围的门冲了出来——但这永远不会发生——他的眼前矗立着一座皇宫，那是世界的中心，布满尘土，垃圾堆积如山。这里没有人进得去，更别说一个带着死人旨意的人了——而你却坐在窗前，于暮色降临之际，梦寐以求地想象着那道圣旨。

一家之主的忧愁

Die Sorge des Hausvaters

有人说，"奥德拉德克"[3]这个词源自斯拉夫语，他们试着以此为根据，来证明这个词的形成。其他人则认为它源自德语，斯拉夫语只是影响了它。然而，两种阐释都不确定，这倒是可以让人合理地得出结论：两者皆非，因为两者都无法说清楚这个词的含义。

如果确实不存在一种叫作奥德拉德克的东西，自然不会有人忙于这样的研究。起初，它看起来就像一个扁平的星状棉线轴，似乎真的包裹着棉线，不过，也有可能是残破老旧、缠绕在一起的棉线，还可能是

---

3 "奥德拉德克"（Odradek）为卡夫卡自创之词。

78

形状、颜色各异的线团。它却不只是一个线轴，而是从星形中央伸出一根横木，又垂直连接着另一根小横木。一边由这根小横木支撑着，另一边由星的一角支撑着，线轴就像有了两条腿一样可以直立起来。

人们会试着相信，这样的结构曾有过某种实用的形态，只是今天被打碎了而已。但看来又不见得如此，至少它没有什么迹象表明这一点，看不出断裂或折损的痕迹。整个结构尽管显得毫无意义，却又自成一格地遗世独立着。若要更详细地描述它，是没有办法的，因为奥德拉德克格外地机灵敏捷，无法捕捉。

它交替着停留在屋顶下的阁楼、楼梯间、过道和门厅里。有时它数月不露面，大概是迁居到其他房子里去了，然而它最后必然会再次回到我们家里。有时候，若人们走出屋子的大门，而它刚好倚着下方的楼梯扶手，人们会想同它说话。当然不会问它困难的问题，而是像对待孩子那样对待它——毕竟它的微小诱使人们这样做。

"你叫什么名字呢？"人们问它。

"奥德拉德克。"它说。

"你住在哪里？"

"居无定所。"它说道，然后笑了。但那笑声像是没有肺的人发出来的，听起来犹如落叶簌簌，交谈往往就此结束。然而，即便是这些答复，也并不总能得到，它往往是长久地沉默着，看上去就像块木头。

我徒劳地自问，它日后的命运会如何呢？它会死去吗？所有死去的东西，在生前都有过某种目标、某种能力，为此它们耗尽了自己，但奥德拉德克并非如此。那么它将来还会拖着棉线自楼梯滚落，来到我孩子与我孩子的孩子的脚前吗？它显然不会伤害任何人，但是只要想到它会活得比我长久，我便感到痛苦不堪。

十一个儿子

Elf Söhne

我有十一个儿子。

长子实在相貌普通，但是认真又聪明。尽管我爱护他，像对待其他所有的儿子一样，但我对他的评价并不高。他的想法在我看来过于简单。他不往右看，也不往左看，更别说往远看了。在他小小的思维里，他总是不断地兜圈，或者往复旋转。

次子长得俊美，身体修长匀称。他击剑的姿态，让人心醉神迷。他也很聪明，并且见多识广、经验丰富。与他谈论故乡的风土人情，比跟一直待在那里不出门的人交谈，还来得亲切投机。然而这样的优点并不仅仅也不应该归功于他喜爱旅行，而应该说这是这孩子难以被模仿的特质，每一个想模仿他的人都会承认这一点。譬如，有人想效仿他那一连串跳跃翻腾、野性十足的跳水动作。勇气与兴趣足够让模仿者走到跳板尽头，但他们并没有跳下去，而是忽然坐了下来，带着歉意举起双臂。尽管有种种优点（我的内心本该为这样的孩子感到喜悦），我与他的关系并非全无芥蒂。他的左眼比右眼稍微小一些，还不停地眨眼，这不过是个小缺陷，反倒使他的脸看起来比没有这个缺陷更显霸气，由于他性格孤僻、难以亲近，谁也不会指摘他这眨个不停的小眼睛了。我，身为父亲，却要这么做。使我难过的自然不是他身体上的缺陷，而是他的精神不知怎的也随之出现了小小的失常，他的血液里流淌着某种奇怪的毒素，他无法完全发挥出他的禀赋，这禀赋只有我才看得见。从另一方面来说，这点又使他成为我真正的儿子，因为他这个缺陷也是我们全家人的缺陷，只是在这个儿子身上过于明显而已。

　　三儿子长得同样俊美，但并非我喜爱的那种美。那是歌者的美：弧形的嘴；迷茫的眼睛；那脑袋，需要背后用帷幕才能衬托其美；过度隆起的胸脯；一双容易因激动而扬起、垂落的手；一双由于无法负荷体重而显得造作的腿。此外，他的声调并不饱满，只能迷惑人于一时，让行家们聆听，他马上就会上气不接下气了。尽管平常我总禁不住想向大家炫耀这个儿子，但我更爱将他深藏起来。他不会让自己抛头露面，原因不在于他了解自身的缺陷，而是因为他的天真无知。他对我们这个时代还感到陌生，好像他既属于我家，也属于另一个他永远失去了的家，所以他时常感到索然无味，没有什么能使他快乐。

我的四儿子或许是所有儿子当中最随和的。一个真正属于他的时代的孩子，每个人都理解他，他和众人站在共同的立场上，每个人都禁不住向他点头称是。也许这种普遍的认可使他的性格较为轻率，行为较无拘束，评判起事物来也变得无所顾虑。人们对于他的某些言论津津乐道，但也只是某些言论，因为从整体上来说，他饱受过于轻率之苦。他就像这样一个人：令人钦佩地纵身一跃，如燕子般划破天际，却又绝望地坠入荒凉的尘土中，最后什么也不是。这样的想法使我一看见这孩子就觉得难过。

五儿子可爱善良，他所做的事情永远比许诺的多。他很不起眼，使人在他的身旁却感觉像是独自一人，不过，这却为他带来了一些声望。若有人问我这究竟是怎么一回事，我也难以回答。纯洁无辜也许最容易穿透世间万物的喧嚣，而他正是纯洁无辜的，也许是过于纯洁无辜了。他对每个人都友好，也许是过分友好了。我承认，如果人们在我面前赞美他，我会觉得不舒服。赞美一个像我儿子这样显然值得赞许的人，这不意味着赞美来得太容易了吗？

我的六儿子——至少第一眼看上去——是所有儿子当中最为沉郁的一个。他垂头丧气却又喋喋不休，因此人们不太好跟他相处。若他屈居劣势，便会陷入无法战胜的悲伤里，等他一旦得势，便以喋喋不休的闲扯来维持其优势。但我并不否认，他有着某种忘我的激情，他时常在大白天冥思苦想，如同身处梦境般。他并没有生病——更多时候，他非常健康——有时他步履蹒跚，特别是在黄昏时分，但他不需要帮助，也不会跌倒。也许这个现象要归咎于他身体的发育状况，就他的年纪而言，他长得太高了。这使他整体看来并不好看，尽管某些部位显然好看些，如他的手和脚。他的额头也不美，无论是皮肤还是骨骼都莫名其妙地显得干瘪。

第七个儿子也许比其他儿子都更为像我。这世界并不晓得要如何赏识他，人们不理解他独特的幽默感。我不会高估他，我知道他微不足道。如果世人除了犯了不赏识他的错误外没有其他错误，那么他们也就堪称完美无瑕了。然而在家庭内，我不愿意少了这个儿子。他带来不安，也带来对传统的敬畏，他把两者融合成一个无懈可击的整体，至少我这么觉得。对于这样的整体，他完全不知所措。他不会去转动未来之轮，但他有着愉悦乐天的本性，我希望他能子孙满堂，可惜这个愿望似乎不会实现。他带着一种自我满足感——我能理解却无法认同，且与周遭人们的评判截然相反——独行于世，对女孩也从不过问，尽管如此，他也从不失去好心情。

我的第八个儿子最使我忧虑，其实我并不晓得原因何在。他看待我像看待陌生人一样，我却觉得身为他的父亲，我与他紧密相系。时间可以改变许多事，从前只要一想到他，我便会哆嗦。他一意孤行，切断了与我的所有联系。他只要用他坚硬的脑壳与矮小健壮的身体，就可以在江湖中游刃有余——只是他的双腿在小时候非常弱，不过这段时间已经恢复正常了，无论他想去哪里，都畅通无阻。我常常想着要唤他回来，问问他到底过得怎么样，为什么要与父亲这样断绝关系，他究竟意图何在，而今他距离遥远，许多光阴就这么逝去，不如让他一如既往地继续吧。我听说，他是我所有儿子中唯一留络腮胡的，像他这样矮小的男人，留这种胡子肯定不好看。

我的第九个儿子非常高雅，他有着为女人生就的那种甜美目光。甜美得有时甚至可以诱惑我，即便我知道，只消一块湿海绵，就可以将这超凡绝俗的光芒擦掉。然而，这个男孩的特殊之处在于，他对于诱惑兴趣寡淡，他的人生仿佛只要能躺在长沙发上，盯着天花板就已足够，或者他更喜欢闭上眼睛，休养生息。若他处于这样悠闲的状态下，就会变得健谈并谈吐不俗，话语简练而生动，但他的话题范围却非常狭隘，一旦他不可避免地越了界，他的话语就会变得空洞。若有人希望他那充满迷蒙睡意的目光能注意到的话，就得挥手示意。

我的第十个儿子被认为是个不正直的人，我对于这个缺点不置可否。可以确定的是，谁要是看见他带着远超过他年龄的庄严走过来，身上总是紧紧裹着礼服大衣，头上戴着一顶破旧但被仔细清洁过的黑色帽子，面无表情，下巴微微扬起，沉重而隆起的眼睑压在眼睛上面，两根手指不时地碰着嘴巴——谁看见了他这样，一定会想，这人真是虚伪啊。但是，现在听听他说话！他口齿清晰，深思熟虑，态度生硬且毫不客气，他用尖刻生动的话语击破各个疑问；他以惊人、自然而愉悦的方式与整个世界调和一致，这样的调和一致使人姿态昂扬、抬头挺胸。许多人自以为非常聪明并对他的外表感到厌恶，却被他的言辞深深吸引。如今又有一些人，对他的外表漠不关心，却觉得他言辞虚伪。我身为父亲，不愿在此做出决断，但我得承认，后者的评论无论如何都要比前者更值得注意。

　　我的第十一个儿子相当柔弱，他大抵是我的儿子当中最虚弱的，但是他的虚弱当中带有欺瞒，因为他在某些时候是刚强且果决的，然而即使在这些时候，这种虚弱也是一种骨子里的特性。但那不是令人感到羞耻的软弱，而是某些只在我们地球上才显得柔弱的东西。比如准备飞行时，那种摇摆不定、振翅等待，不也是种柔弱？我的儿子差不多就是这个样子。这些特性当然不会使做父亲的感到高兴，它们显然以摧毁家庭为目的。有时他凝视着我，好似要对我说："我会带你走的，父亲。"然后我想：你会是我最后一个信任的人。而他的目光似乎又说："那么，至少我能当那最后一个吧。"

　　这就是我的十一个儿子。

谋杀弟兄

Ein Brudermord

情况已经证实，谋杀案是这样发生的：

凶手施马尔，大约晚间九点，在月光皎洁的夜里出现在某个街角；被害人韦泽从他办公室所在的巷子拐进他所居住的巷子时，一定会从这里经过。

夜晚的空气阵阵袭来，寒冷刺骨。但施马尔只穿了一件薄薄的蓝色衣裳，短外套敞开着。他感受不到寒意，他一直在走动着。他将半是刺刀半是菜刀的凶器张扬地紧握在手里。迎着月光，他观察着那刀刃，刀刃闪耀着光，施马尔仍不满意，他用刀子砍向石子路，地砖溅起了火光。他也许有些懊悔，为了弥补损失，他单脚站立，弯着腰，将刀子抵在靴底，把它当作小提琴一般来回地拉，边聆听靴子上磨刀霍霍的声音，边留意那条命运攸关的街旁小巷的动静。

为什么附近的居民——那位从三楼窗户望出去、观察一切的帕拉斯——能够容忍这些呢？探究一下人类的本性吧！他的衣领高高竖起，睡袍裹住他肥胖的身躯，他摇着头，向下望。

相隔五幢房子远的斜对面，韦泽太太穿着睡袍、披着狐皮大衣，她望穿秋水，急切地等待着今天异常迟归的丈夫。

终于，韦泽办公室门口吊着的风铃响起，那声音响彻云霄，传遍全城，简直不像风铃。而韦泽，这个勤奋的夜晚工作者，踏出了办公楼。这条巷子还不见他的踪影，然而风铃声通报了他的到来，很快地，石子路响起了他轻柔的脚步声。

帕拉斯远远地向前探出窗户，他不能错失眼前的一切。韦泽太太被风铃的声音安抚了，她关上窗户，弄得窗子叮当作响。施马尔却跪了下来，他身上只有脸和手是裸露着的，他把脸和手紧贴石头。外面天寒地冻，施马尔却浑身发烫。

就在两条街分岔的拐角处，韦泽停了下来，只将倚着的手杖拄到对面的街巷。他一时兴起，深蓝与金色的夜空吸引着他。他带着未知凝视夜空，带着未知抚摩微微掀起的帽檐下的头发。夜空中没有任何征兆警示即将发生在他身上的事，万事万物都固守在它们高深莫测的位置上。韦泽继续行走，此举本是合情合理的，然而，他走向的却是施马尔的刀。

"韦泽！"施马尔大喊，他踮起脚尖，伸出手臂，把锐利的刀子刺过去，"韦泽！朱莉亚白等了！"施马尔右一刀划破韦泽的脖子，左一刀刺破他的喉咙，第三刀深深刺进他的肚腹。韦泽发出惨叫，那声音就像被撕裂的水耗子。

"解决了。"施马尔说着，把血淋淋的刀子抛向邻近的一幢房屋前，"杀人真是极乐之事！看陌生人血溅四方，真是轻松，真是振奋！韦泽，你这个老夜游神、朋友、酒客，就让你的血渗透进阴暗的街道地底下吧。为什么你就不能是一个装满血的囊袋，只要我一坐在你身上，你就彻底消失呢？并非所有事情都能如愿，并非所有如蓓蕾的梦想都能盛放。你沉重的残躯躺在这里，怎么踢你都没了反应。你借此提出的无声质问会是什么呢？"

目睹一切的帕拉斯，站在他猛然敞开的双扇大门之间。"施马尔！施马尔！我都看到了，什么也没漏掉。"帕拉斯与施马尔相互审视着。帕拉斯对此感到满意，施马尔则慌乱不知所措。

韦泽太太夹在一群人中间急忙奔来，她的脸庞因为受到惊吓而显得苍老。狐皮大衣敞开着，她扑向韦泽，那被睡衣包裹的身体属于他。覆在这对夫妻身上的狐皮大衣就像坟墓周围的草地，它属于众人。

施马尔强忍最后一阵恶心，嘴巴抵在警察的肩上，就这样被警察轻松地带走了。

一个梦

Ein Traum

　　约瑟夫·K做了个梦：

　　那是晴好的一天，K想去散步。还没走两步，他就走到了墓园。那里尽是人造的不好走的蜿蜒小路，但他在这样的路上滑行，就好像稳稳地在湍急的水面上滑行似的。他远远就看见一座新堆起来的小坟丘，他想在那里停留。这座坟丘一直在远处诱惑着他，使他感到自己的脚程总不够快。有时，他几乎看不见坟丘，因为它被一些旗帜挡住了。旗面随风挥舞，强劲地互相拍打着，虽然看不见旗手，但仿佛能听到那里的欢呼声。

　　当他的目光还停留在远处时，他忽然发现同样的坟丘就在路旁，差点儿要错过去了。他赶紧跳进那片草地。那条路在跃起的双脚下飞奔而去，他踉跄着，正好跪倒在这座坟丘前。两名男子站在坟后，捧着他们之间的那块墓碑。K一出现，他们就把墓碑埋进土中，墓碑像砌好的那般立定在那里。紧接着，第三名男子从草地里走出来，K立即认出他是个艺术家。他只穿着裤子与胡乱扣好的衣衫，头上戴着一顶绒帽，手里握着一支普通的铅笔，边走边在空中画画。

他开始用这支铅笔在墓碑上写字。墓碑很高，他完全不必弯腰，但需要前倾着身体，因为坟丘将他与墓碑隔开了，他又不愿踩在坟丘上。他踮起脚尖，左手撑着碑面，用那支普通铅笔利落地写下一行金色的字。他写道："这里安息着——"每个字母都显得纯粹而美丽，深深地铭刻在墓碑上，金光闪闪。写完这行字以后，他回头看K。K迫切地想知道接下来会是什么字，他只是专注地望着墓碑，一点儿也没有留意写字的人。这人继续写下去，但似乎遇到了障碍，他丢下铅笔，再次回头看K，此时K也在看他。K发现这位艺术家十分局促不安，但说不清为什么，他所有的活力都消失殆尽了，K也因此陷入了窘境：他们交换着无助的眼神，谁也无法化解这样一个惹人讨厌的误会。

此刻，墓地教堂的钟不合时宜地敲响了，艺术家举起手一挥舞，钟声便停止了。过了半晌，钟又敲响了。这次非常轻,无人敦促便停止了,仿佛只是在试音。K为艺术家的处境感到难过,他哭了起来,双手掩面,啜泣了许久。艺术家等待着,直到K渐渐平静,由于别无他法,他便决定继续写下去。他写下的第一笔,对于K而言是一个解脱。显然,艺术家写的时候并不是很情愿,字体也没那么美了,特别是金色的光芒也消失了,笔触苍白、犹疑,字母显得非常大。那是一个"J[4]",就要写完时,艺术家愤怒地单脚踏上坟丘,顿时,尘土在空气中飞扬。终于,K明白艺术家要做什么了,但再向他赔罪为时已晚。艺术家将十指戳进泥土,毫不费力地就刨开了。一切都像是准备好了,坟丘上似乎只铺了薄薄一层土。霎时,土层之下,一面倾斜的墙面上开启了一个巨大的洞口,K感觉到有一阵柔和的气流从背后推着他走,接着他坠入洞中。在下面,他依然昂着头,被那无底的深渊吞噬;在上面,他的名字被赋予宏伟的装饰落在石碑上。

就在陶醉于这番景象的时候,他苏醒了。

---

4 J是约瑟夫(Josef)的首字母。

致某科学院的报告

Ein Bericht für eine Akademie

尊敬的科学院的先生们：

你们要求我呈送一份关于我先前的猿猴生活的报告，我实感荣幸之至。

在这方面，很遗憾我无法满足你们的要求。我脱离猿猴期已近五年，从日历上看，这段时光也许很短暂，但诚如我所经历过的，驰骋着度过一天又一天，就会觉得它无比漫长。路途上偶有出色的人类相伴，偶有建议、喝彩与交响奏乐，但本质上仍是孤单的，因为形象地说，所有的陪伴都远远地停留在栅栏外。若我执意要抓住自己的本源与年少的回忆，绝不可能有如今的成就。"放下执着"正是我给自己定的最高信条。我，一只自由的猿猴，给自己上了一道枷锁。

这样一来，对过去的记忆竟是日复一日地渺茫了。如果人类愿意，我本可以返回到过去，听凭命运穿过那道开天辟地之门，同时这道门，也因着我不断被鞭策向前而日益低矮、窄小，我感到自己在人类世界更安稳。从我的过往吹来的狂风已经减弱，变得温柔，今天，它成为拂过我足踵的一阵凉风，而那远方的洞口，既是风的来处，也是我的来处，如今它变得如此微小，以至于我即便有足够的力量和意志奔回洞口，也得磨掉层皮才能穿过去。坦白地说，我很喜欢用形象的语言向你们描绘这些事情，我尊敬的先生们，只要你们经历过这样的猿猴期，你们和它的关联并不会比我的来得浅。这段经历抓挠着地球上每一个走兽的足踵——无论是小小的黑猩猩，还是巨大的阿喀琉斯[5]。

不过，在最狭隘的意义上，我也许能回答你们的问题，甚至非常乐意这么做。我首先学到的是跟人握手，握手表达坦诚。但愿今天，在我生命的巅峰期，除了谈第一次握手时的情形，还能再开诚布公地谈谈别的。这在本质上无法为科学院带来新奇之事，也远远达不到人们对我的要求，我确实是心有余而力不

5　阿喀琉斯（Achilles），希腊神话中的英雄，全身刀剑不入，唯独足踵是他的致命之处。

足——尽管如此，我还是应该说说那过程，说说一只猿猴是如何闯入人类世界，并在那里安居的。然而，若我对自己的地位尚不确定，若我在这文明世界的游艺舞台上没有不可撼动的稳固地位，那么我势必人微言轻，连下面的这些极微之事也不能说：

我来自黄金海岸。关于被捕获的经过，我是从他人的报道中得知的。哈根贝克公司的一支狩猎远征队——顺道一提，被捕之后，我与他们的领队曾经一起喝光了几瓶红酒——埋伏在河堤树丛旁的狩猎处，那晚，我与猿群一起奔至河滨饮水。有人开枪，我是唯一被击中的，挨了两枪。

一枪打在脸颊上，伤势不重，却留下一大块红色的疤，再也长不出毛了。这块疤让我冠上了一个令人厌恶、极不恰当，简直只有猿猴才想得出来的称号：红彼得。好似我与不久前刚刚毙命、远近驰名、早被驯服的猿猴彼得的唯一差别，仅在于脸颊上的红疤。这是题外话。

第二枪打在臀部下方，伤得不轻，以至于我现在还有点瘸。前不久，我读到一篇文章——成千上万个捕风捉影的家伙在报上对我议论纷纷，这是其中一篇。文章说：我的猿猴天性并没有被完全抑制住。证据是，访客来的时候，我喜欢脱下裤子，向世人展示中枪的地方。那家伙写字的手指应该一根根被子弹打断。只要我喜欢，我想在谁面前脱裤子，就在谁面前脱。人们能眼见的，除了保持洁净的皮毛与那伤疤之外，别无其他——且让我们为某种特定的目的，选用某个特定的词语，以免遭到误解——罪恶的子弹留下的伤疤。一切显而易见，一切无须隐瞒。事关真相时，每个远虑的智者都会摒弃斯文。但要是那位作者在有访客时脱下了裤子，那将会是另一番有失声望的光景。我想说，他没有这么做，是理智的表现。既然这样，他就不必以圆滑的语言来对我评头论足！

我中枪醒来之后——从这里，我的记忆逐渐浮现——发现自己身处哈根贝克公司轮船客舱的一个笼子里。那笼子并非四面都有围栏，而只有三面，空的那面固定在一个箱子上，箱子就形成了第四面墙。笼子整体低矮窄小，既难以站立，也无法坐下。因此我只能屈膝蹲着，膝盖颤抖个不停。也许是我一时不愿见人，只想一直待在黑暗里，因此转向了箱子那面，而我身后的围栏就这样勒进了我的肉里。人们认为，最初用这种方式看管野生动物是很有益处的，今天，就我自己的经验来看，我无法否认，从人类的角度来看，也确实如此。

当时我却不这想。我生命中第一次没有了出路，至少前进是行不通的，我的前方是箱子，木条与木条紧紧相连。虽然木条之间有条缝隙，起初我发现它时欢天喜地，狂噪了一阵，但这缝隙窄得连尾巴都穿不过去，用尽猿猴之力也无法将它撑大。

我则是像人们后来告诉我的那样，非比寻常地安静，没有发出声响，因而人们断定，我要么即将毙命，要么在安然渡过这第一个难关后，极为有望被驯服。我渡过了难关。低声啜泣，痛苦地寻找虱子，疲惫无力地舔着椰子，用脑袋敲着箱子，若有人接近，我便亮出舌头——新生活刚开始时，我就在做这些事。随之而来的却只有一种感受：没有出路。当然，我今天只能用人类的话语来描绘当时身为猿猴的感受，难免有所曲解，纵然我也无法抵达古老猿猴期的真相，但至少我所描绘的方向没有与之背道而驰，这毋庸置疑。

过去我曾拥有许多出路，而今一条都没有。我被困住了。即使有人将我钉住，我的迁徙自由也不会变小。为什么呢？把你脚趾间的肉抓破，也不会找到答案；将你压在围栏上，直到你快变成两半，你也找不到答案。我没有出路，我得设法找到出路，因为没有它我便活不下去。一直倚在这箱子上——我将必死无疑。但是，在哈根贝克公司这里，猿猴都是面朝箱子的——那么现在，我不要再当一只猿猴了。这条思路清晰美好，是我用肚子想出来的，因为猿猴用肚子思考。

我害怕人们无法清楚理解我所谓的"出路"。我用的是这个词最寻常且最完整的意思。我刻意不说"自由"这个词，我指的并非那种各方面都自由的美妙感受。作为猿猴，我也许懂得那种感受，我也认识了渴望它的人类。然而，就我自己而言，无论是过去或是现在，我从不要求自由。顺道一提，假借自由之名而自欺欺人的人实在不胜枚举。正如自由是最为崇高的感受之一，那么与之相应的蒙蔽与假象也属于最崇高的感受。我时常在马戏表演登台前，看见一对艺术家在天花板下方的高空秋千上摆荡。他们摇摆，他们晃荡，他们跳跃，他们飘入彼此的臂膀，用嘴衔住彼此的头发。原来这样目空一切的运动，我想，也算是人类的自由啊。"你这是对神圣自然的嘲弄！"猿猴见到此情此景，定会哄堂大笑，再好的剧院也能被它们笑塌了。

不，我不想要自由。我只要一条出路，往右，往左，往哪里都行。我没有其他要求，就算这条出路也只是一种假象。我的要求不高，那假象应该不至于太假。往前走，往前走！就是不要紧贴着箱子、高举双手在那里动也不动。

今天我明白了：没有内心极度的安宁，我永远不可能逃脱。事实上，我能够成为今天的样子，或许应该归功于我在上船之初的那些日子里感受到的平静安宁。但回过头来说，这份平静安宁多亏了船上的人。

再怎么说，他们都是好人。时至今日，我还是很乐意回想起当时他们那沉重的脚步声，在我半睡半醒之际回荡在耳边。他们习惯做事情慢吞吞的。想揉眼睛时，他们会像举起沉重的秤砣那样缓缓抬手。他们的玩笑很粗鲁，但却真诚。他们的笑声总是伴随听起来危险却无关紧要的咳嗽声。他们的嘴里总有些要吐出来的东西，至于吐向何处，他们根本无所谓。他们总是抱怨我的虱子跳到了他们身上，却不曾因此真的生我的气；他们明知我的毛皮中易生虱子，也知道虱子会跳跃，却勉为其难地接受了这个事实。到了下班后的余暇，有时会有几个人来到我面前，围成半圆坐下来。他们几乎不说话，只是像鸽子般互相咕噜几声，然后一面在箱子上伸展开四肢，一面抽烟斗。我只要稍微一动，他们便会拍打自己的膝盖。时不时会有个人拿着根棍子过来，在我感到舒服的部位搔痒。若今天有人邀我在这船上共乘一段，我肯定会拒绝，但同样肯定的是，在那船舱甲板上可缅怀的，并不尽然只有令人厌恶的回忆。

我从这些围成半圆的人身上获得了一种安宁，他们首先打消了我试图逃跑的念头。回想起来，我觉得，我当时就已预感到，要想活下去，就得找到一条出路，而逃跑是寻不来出路的。我已经不记得当时是否有可能逃跑，但我相信有这样的可能，逃跑对于一只猿猴来说，总是有可能的。我今天用牙咬一颗普通的胡桃就得小心翼翼，然而在过去那些日子，我连门锁都能成功咬断。当时我并没有这么做。这样做又能赢得什么呢？不用等我的头完全探出来，他们就会把我抓回去，将我禁闭在一个更糟的笼子里。又或者，我会悄悄地逃到其他动物那里去，比如我对面的大蟒蛇那里，然后在它们的怀抱里断气。又或者，我会偷偷地成功潜到舱面，跃过船舷，然后在汪洋大海中沉浮片刻，最终溺水而死。都是绝望之举啊。我无法像人类那般谋算，但在周围环境的影响下，我的举动也跟他们一样，好似经过了谋算一般。

我不谋算，但我会从容镇静地观察。我看着这些人类来来去去，总是一样的表情、一样的动作，我时常感到他们其实只是一个人。这个人或者这些人，他们的行走是不受阻碍的。我心中逐渐出现了一个高远的目标。没有人向我允诺过，若我变得像他们那样，他们就会撤掉那些围栏。这样一种显然不可能兑现的允诺，是不会存在的。但若人们要兑现，那允诺当然会出现在从前苦寻不得的地方。如今，这些人类身上再没有吸引我的地方。若我是前面所说的那种自由的追随者，我一定会投身于汪洋，而非那条人类用阴郁目光为我指引的出路。但无论如何，我在想到这些事情之前，就观察他们很久了，正是这些日积月累的观察，才促使我努力奔往这个明确的方向。

模仿这些人真是容易，头几天我就会吐唾沫了。我们朝彼此的脸上吐口水。差别仅在于，我之后会把自己的脸舔干净，而他们不会。我很快就学会了抽烟斗，抽得像个老烟鬼，我还用拇指按压住烟袋锅，让甲板客舱爆出一片欢笑，只有空烟斗与满烟斗的区别，我久久无法理解。

最麻烦的是烈酒瓶。我受不了那气味儿，我费尽千辛万苦，花了几周的时间才克服。奇怪的是，人们严肃地看待我的这种内在斗志，远胜过我的其他特质。我却无法凭借记忆去区别这些人，但有个人总是来，有时一个人来，有时和同伴一起，不分昼夜和时段，他带着一个酒瓶站在我面前，给我上课。他弄不懂我，他想解开我的存在之谜。他慢慢拔出瓶塞，然后看着我，好似在测试我是否明白。我承认，我总是以热切的眼神专注地看着他，人类世界的老师恐怕找遍整个地球，也找不到像我这样的好学生了。瓶塞被拔出来后，他把酒瓶举到嘴边，我则抬眼望着他的喉咙。他点头表示满意，将酒瓶放在唇边，我对自己能够逐渐领会感到欣喜若狂，尖声大叫，四处搔弄自己的身体。他也很高兴，举起瓶子喝了一口，我则迫不及待地想要仿效他，结果在笼子里把自己弄得脏兮兮。这反而使他大为满意，将酒瓶远远地伸出去，又猛地高举起来，以夸张的示范姿态向后一仰，一饮而尽。我被过度的要求与热望弄得身心俱疲，再也跟不上他了，只有虚弱地倚着栏杆，这时他摸着肚皮狞笑着，就此结束了这门理论课。

随后才开始实务课程。难道我被理论课折腾得还不够累？是啊，是太累了。那是我的命。尽管疲惫，我竭尽所能地抓住那递过来的酒瓶，用颤抖的双手打开瓶子。这一成功使我生出了新的力量，于是我举起酒瓶，那动作与开始的示范并无二致，我将它放到嘴边，然后厌恶地，厌恶地将它丢掷出去，瓶子虽然空了，但酒味仍在。这使我的老师难过，更使我自己难过不已。丢掉瓶子后，我还不忘优雅地抚摩自己的肚皮，同时冷冷地笑着，可这既无法抚慰我的老师，也无法抚慰我自己。

上课的过程往往是这样。我的老师真是令人尊敬——他从来不对我生气。有时，他将点燃的烟斗放在我的皮毛上，导致有些我自己够不着的地方烧了起来，但每当这时，他就用他体贴的大手将火扑灭。他从不对我生气，他看出了我们站在同一阵线上与猿猴的天性对抗，而我在这方面是任重而道远啊。

后来有件事情无论是对于他还是对于我，都是一场真正的胜利：有一晚，我在众目睽睽之下——也许那是一场节庆，留声机播放着音乐，一名军官在人群中踱步——就在这晚，我在大家不注意的时候，将一个不经意被遗留在我笼子前的酒瓶抓了起来，在众人越发关注的目光下，我训练有素地开瓶，将它放到嘴边，毫不迟疑、神态自若，像个酒客般，睁着圆溜溜的双眼，咕咚咕咚喝光了里面的酒，然后，我不再像个绝望者，而是像个艺术家一样将瓶子丢了出去。虽说忘了抚摩肚皮，但我受到某种力量的催逼、某种欲望的吸引，别无选择，因而以人类的声调短促清晰地喊道："哈啰！"这一喊使我跃进了人类的社会，我感受到了它的回声："听啊，它说话了！"那回声像轻吻，落在了我汗水淋漓的身体上。

我重申：模仿人类对于我而言没有吸引力，我模仿，是因为我在寻找出路，而非其他原因。此外，这样的成功收效甚微。那声调我很快又喊不出来了，数月后才恢复了，我对酒瓶的反感甚至更强烈了，但是我的方向就这么永远确定了。

当我在汉堡被转交给第一个驯兽师时，我很快意识到在我眼前有两种可能：动物园或者马戏团。我没有犹豫，我告诉自己：用尽全力进入马戏团，这就是出路。动物园只是一个新的铁笼，一旦进去，就在劫难逃。

而我学习着，我的先生们！啊，学习是因为逼不得已，学习是想要出路。我不顾一切地学，鞭策自己学习，稍有抵触便狠狠抽打自己。猿猴的天性如雷霆疾驰，滚滚穿过，自我而出，又离我远去，以至于我的第一个老师也染上猿性，很快只得放弃教学，进了精神疗养所。幸运的是，他很快又出来了。

然而我累坏了许多老师，甚至是同时累坏多名老师。当我对自己的能力更有把握，公众开始关注我的进步，我的前途也开始明朗时，我便自聘老师，让他们分别坐在五间相毗邻的房间，我不停地从这一间跳到那一间，同时向每一位老师学习。

这是怎样的进步啊！知识的光芒从四面八方贯穿我苏醒的大脑！我不否认：那令我幸福。但我也承认：我并没有高估这些，当时不会，今日更不会。经过世上的人们不曾有过的努力之后，我达到了欧洲人的平均教育水平。这件事本身或许微不足道，但它帮助我离开铁笼，为我谋得了这条特别的出路，这条人类的出路。有个词说得极好：溜之大吉。我做到了，我溜之大吉。在永远无法选择自由的情况下，我没有其他的路可走。

综观我的发展及迄今为止所达到的目标，我既无抱怨，也不满足。我的双手插在裤子口袋里，桌上放着酒瓶，我在摇椅中半坐半躺，望向窗外。若有客人来访，我以礼待之。我的艺术经理人在前厅坐着，我一摇铃，他便过来听我吩咐。我几乎每天晚上都有演出，我的成功大致已达顶峰，再难超越。若我深夜自筵席、学术性聚会与朋友聚会返回家中，总有一只半驯化的小母猩猩在等着我，我让自己以猿猴的方式在她身边享受快乐。白天我不愿见她，因为她的目光有种被驯化的动物那般茫然不知所措的癫狂，只有我看得出来，对此我无法忍受。

无论如何，我整体上已达到了我想达到的目标。并不是说，这些不值得我所付出的努力。另外我也不要任何人类的评判。我只要传播知识，我只是报告见闻，也包括对你们，尊敬的科学院的先生们，我只是报告见闻。

卡 夫 卡 年 表

- **1883 年**　　　　7月3日，弗朗茨·卡夫卡生于波希米亚王国首都布拉格。波希米亚王国的范围大致相当于今天捷克共和国摩拉维亚地区以外的地方，当时隶属于奥匈帝国。

　　　　　　　　　卡夫卡的父亲赫尔曼·卡夫卡（Hermann Kafka, 1852—1931）出身贫寒，是捷克犹太商贩，母亲朱莉·洛维（Julie Löwy, 1856—1934）出身犹太中产之家，受教育程度不高，仅能从事主妇之职，协助丈夫经营妇女美妆用品店。

　　　　　　　　　卡夫卡有三个妹妹，分别为爱莉·卡夫卡（Elli Kafka, 1889—1942）、娃莉·卡夫卡（Valli Kafka, 1890—1942）和奥特拉·卡夫卡（Ottla Kafka, 1892—1943），她们都在"二战"期间死于纳粹集中营。大妹与二妹于1941年10月被送往波兰洛兹（Lodz）的犹太集中居住区，翌年死于库尔姆（Kulmhof）集中营；小妹于1943年死于奥斯维辛－比克瑙（Auschwitz II-Birkenau）集中营；另有两个弟弟，皆在幼年病逝。

- **1889 年（六岁）**　就读于弗莱许广场（Fleischmarkt）的德语小学。

　　　　　　　　　9月，大妹爱莉出生。

- **1890 年（七岁）**　9月，二妹娃莉出生。

- **1892 年（九岁）**　10月，小妹奥特拉出生。

- **1893 年（十岁）**　进入旧城德语中学就读。与家人住在柴特纳街。

- **1901 年（十八岁）**　夏天，中学毕业。

　　　　　　　　　秋天，入布拉格卡尔－费迪南大学（Karl-Ferdinands-Universität），当时也称布拉格德语大学（Deutsche Universität Prag）就读；起初修习化学、日耳曼语言文学与艺术史，后改习法律。

- **1902年（十九岁）** 暑假，在波希米亚西北部城镇里波荷（Liboch）与特里施（Triesch）的舅舅家度过，其舅舅西格弗里德·洛维（Siegfried Löwy）为一名乡村医生。

  10月，在大学初识捷克犹太作家与评论家马克斯·布罗德（Max Brod，1884—1968），后成为莫逆之交。

- **1904年（二十一岁）** 撰写短篇小说《一场战斗纪实》（*Beschreibung eines Kampfes*），此为卡夫卡现存最早的作品。与犹太作家马克斯·布罗德、奥斯卡·鲍姆（Oskar Baum，1883—1941）、费利克斯·韦尔奇（Felix Weltsch，1884—1964）等开始固定聚会，交往密切。

- **1906年（二十三岁）** 10月，开始在布拉格地方与刑事法庭实习，为期一年。

- **1907年（二十四岁）** 撰写《乡村婚礼筹备》（*Hochzeitsvorbereitungen auf dem Lande*）。

  10月，受到舅舅推荐，进入布拉格"忠利保险公司"担任临时雇员。随家人搬迁至尼可拉斯街。

- **1908年（二十五岁）** 3月，在《许培里昂》（*Hyperion*）文学双月刊发表八则小短文，后收录于《沉思》（*Betrachtung*）。

  7月，离开"忠利保险公司"，入"劳工事故保险局"任职，它是波希米亚王国的半官方机构，卡夫卡在此工作至1922年，长达14年之久。

- **1909年（二十六岁）** 春夏之际，开始着手写日记。

  9月，与布罗德兄弟（Max und Otto Brod）同游意大利北部，于布雷西亚（Brescia）观赏飞机试飞，写成短篇游记《布雷西亚的飞机》（*Die Aeroplane in Brescia*），不久发表于布拉格的德语报纸《波希米亚日报》（*Bohemia*）。

  秋天，编修《一场战斗纪实》第二版。

- **1910年（二十七岁）** 3月底，于《波希米亚日报》发表五则短文，题名《沉思》。

  10月，与布罗德兄弟同游巴黎。初遇巡回布拉格演出数月的犹太人剧团，并产生兴趣。

- **1911年（二十八岁）** 夏天，与马克斯·布罗德同游瑞士、意大利北部与巴黎。

  9月底，因肺病于苏黎世近郊艾伦巴赫的疗养院停留。

● 1912年（二十九岁）　年初，开始撰写长篇小说《失踪者》（*Der Verschollene*）。这部作品在之后出版时由布罗德更名为《美国》（*Amerika*）。

夏天，与马克斯·布罗德同游莱比锡（Leipzig）、魏玛（Weimar）与哈茨山（Harz）附近一处名为雍柏恩（Jungborn）的天然疗养院。

8月，整理《沉思》书稿，在布罗德家中遇见柏林犹太人费莉丝·鲍尔（Felice Bauer, 1887—1960）。

9月20日，开始与费莉丝通信。

9月22日，一夜撰写出《判决》（*Das Urteil*），该小说奠定了卡夫卡的写作风格。

11月至12月，撰写《变形记》（*Die Verwandlung*）。

12月，《沉思》由德国莱比锡的恩斯特·罗沃特出版社（Ernst Rowohlt Verlag）出版，收录短文十八篇。

12月4日，在布拉格举行首度公开演讲，朗读《判决》。

● 1913年（三十岁）　3月，在布罗德家中朗读《变形记》。与费莉丝频繁通信。初次赴柏林访费莉丝。

5月，圣灵降临节假期赴柏林再访费莉丝；月底，短篇小说《司炉（一则断片）》（*Der Heizer : Ein Fragment*）（《失踪者》第一章）在莱比锡由科尔特·沃尔夫出版社（Kurt Wolff Verlag）出版。

6月，《判决》发表于布罗德编辑的《阿卡迪亚》（*Arkadia*）文学年鉴。

9月，游维也纳、威尼斯、里瓦（Riva）。

● 1914年（三十一岁）　4月，复活节假期两日赴柏林访费莉丝。

6月1日，在柏林与费莉丝订婚。

7月12日，解除婚约。游历德国北部波罗的海、吕贝克。

7月28日，"一战"爆发，因其公务职能，被免除入伍从军。

8月，在比雷克街租赁自己的房间；月初，开始撰写长篇小说《审判》（*Der Prozess*）。

10月，撰写《在流放地》（*In der Strafkolonie*）。完成《失踪者》最后一章。

● 1915年（三十二岁） 1月，解除婚约后于波希米亚北部边界城市博登巴赫（Bodenbach，今 Decin）与费莉丝·鲍尔相见。

3月，迁居至朗恩街。

10月，《变形记》发表于德国表现主义文学月刊《白书页》（*Die Weißen Blätter*）十月号。

11月，《变形记》由科尔特·沃尔夫出版社出版。

12月，德国犹太表现主义作家卡尔·史登海姆（Carl Sternheim，1878—1942）将其获得的柏林冯塔纳文学奖（Fontane-Preis，1913— ）的奖金八百马克全数授予卡夫卡，作为对其作品的高度肯定。

● 1916年（三十三岁） 7月，与费莉丝·鲍尔同游波希米亚西部的玛丽亚温泉市（Marienbad）。

9月，《判决》由科尔特·沃尔夫出版社出版。

11月10日，在德国慕尼黑公开朗读短篇小说《在流放地》；月底，迁居至炼金术士街（位于布拉格城堡旁、中世纪风格与炼金传统受保护的黄金巷），撰写《乡村医生》（*Ein Landarzt*）等短篇小说。

● 1917年（三十四岁） 3月，迁居至美泉宫附近的广场街。

7月，与费莉丝二度订婚。

8月，发现肺结核病征。

9月4日，被医生确诊为肺结核；后至波希米亚西北部曲劳（Zürau，又称 Sirem）一处由小妹奥特拉经营的农场休养。自秋天至翌年春天，于日记上撰写许多箴言。费莉丝曾于9月前往探访两日。

12月，费莉丝造访布拉格，两人第二次解除婚约。

● 1918年（三十五岁） 居于曲劳至4月。

夏天，居于布拉格；访波希米亚北部城镇伦布尔克（Rumburg / Rumburk）。

9月，访奥匈帝国城镇图尔瑙（Turnau）。

11月起，定居捷克（捷克斯洛伐克共和国于当年10月成立）北部什雷森（Schelesen）疗养，于旅馆结识捷克犹太人朱莉·沃丽采克（Julie Wohryzek，1891—1944）。

111

1919年（三十六岁）　春天，回布拉格。

夏天，与朱莉·沃丽采克订婚。

10月，《在流放地》在德国由科尔特·沃尔夫出版社出版。

11月，与朱莉·沃丽采克订婚一事受到双亲强烈反对；咳血，于什雷森疗养；撰写《给父亲的信》(*Brief an den Vater*)。

1920年（三十七岁）　4月，于今意大利北部德语区南提洛（Südtirol）的梅兰镇（Meran）疗养；南提洛原为奥匈帝国（1867—1918）境内最高处，"一战"后被意大利吞并；与已婚的捷克女记者、翻译米莲娜·叶森思卡（Milena Jesenská, 1896—1944）因《司炉》的捷克文翻译而开始书信往来，并陷入爱河。

春天，《乡村医生》由科尔特·沃尔夫出版社出版，收录短篇小说十四则。

7月，与朱莉·沃丽采克解除婚约。

夏天至秋天，居于布拉格，撰写多篇小短文。

12月中，赴塔特拉（Tatra）疗养。

1921年（三十八岁）　于塔特拉停留至8月。

秋天，再返布拉格。写成短篇小说《最初的苦痛》(*Erstes Leid*)。

1922年（三十九岁）　1月底至2月中旬，于捷克北部高山科克诺谢山的史宾德穆勒（Spindelmühle）疗养。后居于布拉格。

春天，写成短篇小说《饥饿艺术家》(*Ein Hungerkünstler*)。

1月至9月，撰写长篇小说《城堡》(*Das Schloss*)。

7月1日，结束在劳工事故保险局14年的任职。

7月底至9月中旬，随小妹奥特拉居于普拉纳（Plana）。

10月，《饥饿艺术家》发表于德国《新论坛报》(*Die Neue Rundschau*)。

1923年（四十岁）　居于布拉格。

6月，访德国北部近波罗的海的米里茨市（Müritz），与德国犹太人朵拉·迪亚曼特（Dora Diamant, 1898—1952）相遇。

9月，自布拉格移居柏林，与朵拉同居。

10月，写成短篇小说《一名小女子》(*Eine kleine Frau*)。

- 1924年（四十一岁）　居于柏林，病情急速恶化，其时德国通货膨胀、政局不安。

　3月，返布拉格，写成《女歌手约瑟芬或耗子民族》（*Josefine, die Sängerin oder Das Volk der Mäuse*）。

　4月，由朵拉陪同，前往奥地利东部基尔林（Kierling）的疗养院接受治疗；病中校对短篇小说集《饥饿艺术家》。

　6月3日，病逝于维也纳附近的基尔林市。

　6月11日，安葬于布拉格史塔许尼兹（Straschnitz）的犹太墓园。

　夏天，短篇小说集《饥饿艺术家》于德国柏林出版，共有故事四则。

- 1925年（死后一年）　长篇小说《审判》于德国柏林出版。
- 1926年（死后两年）　长篇小说《城堡》于德国慕尼黑出版。
- 1927年（死后三年）　长篇小说《美国》（马克斯·布罗德所题书名，原名为《失踪者》）于德国慕尼黑出版。
- 1931年（死后七年）　遗稿集《中国长城建造时》（*Beim Bau der chinesischen Mauer*）于德国柏林出版。
- 1934年（死后十年）　遗稿集《在法的门前》（*Vor dem Gesetz*）于德国柏林出版。
- 1935年至1937年　马克斯·布罗德主编《卡夫卡全集》共六册，于美国纽约出版。
- 1950年至1967年　马克斯·布罗德主编《卡夫卡全集》全十册，于德国法兰克福出版。

乡村医生：卡夫卡中短篇作品
德文直译全集

[奥]弗朗茨·卡夫卡 著

彤雅立 译

图书在版编目（CIP）数据

乡村医生：卡夫卡中短篇作品德文直译全集 /（奥）
弗朗茨·卡夫卡著；彤雅立译. — 北京：北京燕山出
版社, 2021.1（2025.7重印）
（设计师联名书系·K经典）
ISBN 978-7-5402-4717-1

Ⅰ.①乡… Ⅱ.①弗…②彤… Ⅲ.①中篇小说-小
说集-奥地利-现代②短篇小说-小说集-奥地利-现代
Ⅳ.①I521.45

中国版本图书馆CIP数据核字(2020)第185368号

Ein Landarzt

By Franz Kafka

Jacket design by Peter Mendelsund
本简体中文版翻译由台湾远足文化事业股份有限
公司 / 缪思文化授权
Simplified Chinese edition ©2021 by United
Sky (Beijing) New Media Co.,Ltd.

选题策划	联合天际·文艺家工作室
特约编辑	张雪婷　王书平
美术编辑	程 阁
封面设计	Peter Mendelsund　刘彭新

责任编辑	战文婧
出　版	北京燕山出版社有限公司
社　址	北京市西城区椿树街道琉璃厂西街 20 号
邮　编	100052
电话传真	86-10-65240430（总编室）
发　行	未读（天津）文化传媒有限公司
印　刷	北京联兴盛业印刷股份有限公司
开　本	787 毫米 ×1092 毫米　1/32
字　数	61 千字
印　张	3.75 印张
版　次	2021 年 1 月第 1 版
印　次	2025 年 7 月第 7 次印刷
ISBN	978-7-5402-4717-1
定　价	55.00 元

关注未读好书

客服咨询